KB123682

예지몽으로 히든랭커 21

2022년 8월 12일 초판 1쇄 인쇄
2022년 8월 18일 초판 1쇄 발행

지은이 이현비
발행인 김정수 강준규

기획 이기헌 왕소현 박경무 강민구 조익현
책임편집 백승미
마케팅지원 이원선

발행처 (주)로크미디어
출판등록 2003년 3월 24일
주소 서울시 마포구 성암로 330 DMC첨단산업센터 318호
Tel (02)3273-5135 **편집** 070-7863-8595 **Fax** (02)3273-5134
홈페이지 rokmedia.com **E-mail** rokmedia@empas.com

ⓒ 이현비, 2021

값 8,000원

ISBN 979-11-354-7921-2 (21권)
ISBN 979-11-354-9382-9 04810 (세트)

예지몽으로
히드랭커

이현비 게임 판타지 장편소설 ㉑

CONTENTS

준비

애초에 말한 숫자보다 1천여 명이 더 많은 엘프족 전사들을 본 갈기족과 달리아트족의 반응은 대체로 호의적이었다. 투구까지 쓰고 있어 정체는 알 수 없지만 한눈에도 잘 훈련된 정예 전사들임을 알아보았다.

갑자기 나타난 엘프 전사들의 존재를 어떻게 설명을 해야 할지 나름 고민을 했었던 가온이 오히려 힘이 빠질 정도였지만 거짓말을 하지 않게 되어서 마음이 놓였다.

계획했던 전력이 모두 집결했으니 남은 것은 던전 공략밖에 없었다.

가온은 곧바로 전사단장 이상이 참석하는 수뇌부 회의를 소집했다. 물론 본부단장인 시르네아와 참모라는 이름으로 묶인 아레오와 아나샤 그리고 차링도 참석했다.

먼저 아레오가 나서서 전사단의 편성 결과를 보고했다.

"게이트를 지킬 전사 2,500명을 제외한 우리의 전력은 총 16,600명으로 열여섯 개의 전사단과 600명 규모의 본부대로 편성되었어요. 본부대는 미스릴 중급 전사 10명을 포함한 전사 550여 명과 갈기족 주술사 30명, 모라이족 전사 50명, 달리아트족 원소술사 4명 그리고 사령술사 10명이 포함되어 있어 전투를 지원할 예정이에요."

갈기족과 달리아트족 전사단장들은 본부대의 전력에 대한 설명을 듣고 경악했다.

오러블레이드를 자유롭게 구사할 수 있는 미스릴 중급 전사는 갈기족과 달리아트족을 합해서 단 4명밖에 없으니 경악할 수밖에 없었다.

수는 적지만 인원도 제대로 채우지 못한 본부대의 전력은 16개 전사단 전체 전력과 맞먹을 정도였다.

그렇기에 그들을 대표하는 시르네아를 동경, 질투, 의심, 호승심 등 다양한 감정이 실린 눈으로 쳐다봤다.

다들 갑자기 합류한 그들의 정체가 궁금했지만 던전 공략대를 이끌 가온이 직접 고용을 했다고 말했으며 외모가 미형(美形)이지만 인간임이 확실했기에 애써 알아보려고 하지는 않았다.

그제야 가온이 나섰다.

"먼저 내가 공략대를 이끌게 되었으니 말을 편하게 하도록 하겠소."

그렇게 말하며 장내를 돌아봤는데 아무런 반발도 없었다.

"그럼 시작하지. 게이트를 지킬 전사들이 확보되었으니 최대한 빨리 던전을 공략하기로 하겠소."

가온의 말에 참석자들이 기대 가득한 얼굴로 주먹을 쥐었다. 그들이 고대하던 순간이 온 것이다.

"이제 그대들이 자리를 비운 사이에 던전 내부를 정찰한 내용을 설명하도록 하지. 일단 각자가 받은 지도부터 확인해 보시오."

아레오와 아나샤가 필사한 양피지 지도가 모두의 무릎 위에 놓여 있었다.

"게이트는 편의상 남쪽으로 부르기로 한 지역의 중앙 지점에 있다고 생각하시오."

붉은 원으로 표시한 게이트의 위치를 확인한 참석자들이 고개를 끄덕였다.

"보스인 마족이 있는 언데드 필드는 게이트에서 곧장 직진하면 나타나는, 던전의 북쪽을 횡으로 가로지르는 산맥 중앙이오."

"그럼 여기 북쪽으로 이어지는 붉은 선이 우리의 행로가 되겠군요?"

옹고트가 가장 먼저 질문했다.

"맞소. 초원 늑대와 말이 마음껏 달릴 수 있는 초지나 저습지로 경로를 짰소. 숲 구역을 최소화하고 그 루트를 따라 이동할 생각이오."

무려 1만 6천이 넘는 대군이다. 초원 늑대와 말을 타고 나무가 빽빽한 울창한 숲을 지나는 것은 무리다. 당연히 조금 돌더라도 너른 초지나 얕은 저습지로 이동해야만 했다.

가온의 말에 참석자들은 그 점을 깨닫고 고개를 끄덕였다. 실력만큼이나 경험도 많기에 바로 그런 부분을 생각한 것이다.

"보스로 추정되는 마족이 있는 언데드 필드까지 이동하는 과정에서 조우할 것으로 예상되는 마수와 몬스터는 3천 마리 규모의 오크 두 무리, 5천 마리 규모의 혼울프 두 무리, 베헤모스 두세 마리, 3천 마리 규모의 나가 한 무리, 20마리 내외로 구성된 혼트롤 두 무리, 10마리 내외의 오우거 한 무리, 숫자를 헤아리기 어려운 언데드 한 무리요. 마지막 한 무리는 비행 마수인데 이 던전에 서식하는 놈들은 그리핀, 골드 그리핀, 와이번, 그리고 하피인데 이쪽은 플라위스들이 맡을 테니 걱정할 필요는 없소."

회의 참석자들은 생각보다 많은 마수와 몬스터의 규모에 질렸는지 심각한 얼굴로 경청하기만 했다.

"그 외에도 언제든지 조우할 수 있는 마수와 몬스터가 다수 존재하지만 빠른 속도로 이동하면서 경로상에 있는 놈들을 격파하면 큰 문제는 없으리라고 생각하오. 합류하지 않은 상태에서는 무리당 기껏 해 봐야 3천 정도에 불과한 상대에 비해 우리 전력은 총 16개 전사단으로 총 1만 6천을 약간 상회하니 압도적이라고 생각하고 있소. 처리해야 할 상대의 전체 숫자와 비교해도 전혀 꿀리지 않는 전력이니까."

막연히 불안했지만 가온의 말을 들으니 자신감이 솟는다.

"아는 사람들은 알겠지만 나는 비행 아이템을 가지고 있소. 그래서 정찰대와 별도로 공중을 비행하면서 상황을 파악하면서 명령을 내릴 생각이오."

비행 아이템 얘기를 꺼내자 참석자들은 잠시 웅성거렸지만 이내 조용해졌다.

-나는 또한 의념대화라는 능력을 가지고 있어서 특정 다수를 대상으로 의념을 전할 수 있소. 다들 들리시오?

가온이 의념을 보내자 소리가 들리지 않았음에도 머릿속으로 직접 전해지는 의념에 참석자들이 입을 떡 벌린 채 거세게 고개를 끄덕였다.

"하지만 의념대화는 일방통행이라서 만약의 상황에 제대로 대비할 수가 없소."

이번에는 소리를 내어 말하면서 미리 준비했던 통신기들을 꺼냈다.

"이건 최근에 연금 마법사들이 극비리에 만든 통신기라는 것인데, 나와 교신을 할 수 있소. 정찰대장을 포함해서 단장들에게 지급할 테니 소리가 나면 이렇게 이쪽을 귀에 붙이고 사용을 하면 되오."

잠깐 고민은 했지만 이곳에서는 아직 개발이 되지 않은 마법 통신기를 사용하기로 했다. 전장에서 의사소통이 얼마나 중요한지 잘 알고 있어 어쩔 수 없는 선택이다.

참석자들은 통신기를 직접 사용해 보고 깜짝 놀랐다.

"이런 기물(奇物)이 있다니!"

"이런 것이 있으면 대규모 전사를 제대로 운용하는 데 큰 도움이 되겠네."

"전령을 보내느라 시간을 허비하지 않아도 되어 전투에 큰 도움이 될 거야!"

참석자들은 대부분 전사단장으로 대규모 전사를 지휘한 경험이 있기에 통신기가 얼마나 유용한 아이템인지 금방 알아챘다.

"이건 아공간 주머니인데 1천 명이 먹을 수 있는 한 달 분의 식량을 넣을 수 있으며, 지금 나눠 주는 주머니 안에는 보름 치에 해당하는 곡물과 육포 그리고 건야채를 넣어 두었소. 인원이 많아서 따로 숙영해야 하는 경우가 있을 수도 있으니 전사단장들이 직접 관리하도록 하시오."

가온은 전사단장들에게 대형 아공간 주머니를 나눠 주었다.

갈기족으로서는 돈을 주고도 살 수가 없는 통신기에 이어 아공간 주머니까지 주어지자 전사단장들은 가온에게 경외와 감사의 시선을 보낼 뿐 아무 말도 하지 못했다.

'대체 온 대장은 어떤 인물이지?'

이 자리에 참석한 이들은 살아온 이력만큼이나 다양한 경험을 했으며 외부 세상의 지식도 많이 쌓았다. 그렇기에 가치를 상상하기도 어려운 아이템들을 너무나 쉽게 내주는 가온을 더욱 이해할 수 없었다.

'혹시 한 왕국의 국왕이라도 되는 건가?'

그들의 상식으로는 그렇게밖에 생각할 수 없었다.

하지만 선물은 그게 전부가 아니었다. 당장은 가장 좋아할 선물이 더 있었다.

"오늘은 각 전사단에 맥주 서른 통과 와인 열 통씩을 줄 테니 마시면서 분위기를 잡고, 내일은 잘 먹고 푹 쉬면서 피로를 충분하게 풀도록! 이상!"

그것으로 회의를 마쳤다. 더 자세한 전술은 내일 다시 만나서 토의를 할 예정이다.

다음 날 새벽에 열린 전술 회의. 전날 전사단별로 작은 잔치가 벌어졌지만 회의에 지장이 있을 정도로 술을 마신 참석자는 없었다.

"가장 먼저 만날 다크오크의 경우 목책으로 둘러싸인 마을을 형성하고 있으니 포위한 상태에서 화공을 기선을 제압하고 혼란한 상황을 이용해서 화살 공격으로 피해를 극대화하는 것이 중요해요. 혼트롤이나 다크오우거의 경우에는 상황에 따라 다르기는 하지만 유인을 해서 함정으로 끌어들인 후에 백인장급 이상이 처리하는 것이 원칙이고요. 혼울프는 압도적인 기마 전력으로 밀어붙이면 될 것 같아요. 명심할 것은 다른 데 신경을 쓰지 말고 맡은 임무를 충실하게 완수하는 거예요."

아레오가 전술 참모의 역할을 맡아서 개략적인 전술을 설명했다.

"나가와 리자드맨은 어떻게 처리할 생각입니까?"

초원에서 거주해 온 갈기족과 산악지대에서 살아온 달리아트족에게 가장 성가신 존재는 바로 저습지에 서식하는 나가와 리자드맨이다.

"전격 마법으로 1차 피해를 안긴 후 기마 전력으로 쓸어버리면 될 거예요. 그런 의미에서 오늘 하루는 초원 늑대와 전투마를 탄 상태에서 장도를 사용하는 훈련을 할 예정이에요."

초원 늑대를 타고 다니는 갈기족은 장도를 사용하지 않는다. 먼 거리에서는 화살을 쏘고 가까이 접근하면 구부러진 곡도를 사용해서 전투를 벌이는 것이 보통이다.

전투마를 탈 기회가 별로 없는 달리아트족 전사들이야 당연히 장도를 써 본 경험이 없었다.

전술 회의가 끝난 후 가온은 직접 마상도법을 가르쳤다.

'팔방풍우 정도면 되겠지.'

갓상점에서 구입한 기초 마상도법인 팔방풍우는 말을 탄 상태에서 긴 도를 여덟 방위로 휘두르는 도법으로, 초식은 단순하지만 몸의 균형을 잡으면서 정확하게 휘두르는 것이 관건이었다.

초원 늑대의 체고, 즉 어깨높이는 대략 1.3미터였고 전투마는 1.7미터였다. 북방 초원에서 야생마처럼 키우는 말은 몸집이 크지는 않지만 지구력이 뛰어나고 주력이 빨랐다.

갈기족 전사들은 비교적 쉽게 팔방풍우 도법을 익혔다. 어릴 때부터 초원 늑대를 타고 다니기 때문에 요동에 익숙해서 쉽게 균형을 잡을 수 있었다.

반면에 달리아트족 전사들은 바로 도법을 익힐 수 없었다. 성년을 막 넘겨 세상에 처음 나온 전사들의 경우 말을 탄 경험이 없어서 일단 기마술에 익숙해지는 것이 먼저였다.

그건 엘프족 전사들도 마찬가지였다.

나이가 좀 찬 전사들의 경우 성년이 되어 전사 시험을 통과한 경우 세상 경험을 위해 바깥세상으로 나가기 때문에 어지간하면 승마 경험이 있었지만, 어린 전사들은 승마 경험이 없었다.

그래도 엘프이거나 엘프의 피를 이어서 그런지 몸이 날렵하고 균형 감각이 뛰어나서 비교적 쉽게 전투마에 적응했지만, 하루 정도로는 기마술을 제대로 익힐 수 없었다.

결국 가온은 달리아트족과 엘프족 전사들을 둘로 나누어 기마술에 익숙한 이들은 팔방풍우 도법을 익히도록 했고 나머지는 기마술에만 매진하도록 했다. 도법을 익히는 것은 그다음이다.

공략 시점을 며칠 늦추는 것은 어렵지 않지만 가온은 그러고 싶지 않았다. 자신도 그렇지만 전사들도 한껏 들뜬 상황인데 훈련 때문에 늦추면 사기가 떨어질 것 같았다.

하지만 이번에는 어쩔 수가 없어서 결국 일정을 이틀 더 늦추어야만 했다.

***

"한눈에도 범상치 않은 초원 늑대인데 온 랑이 좋은가 봐요."

갈기족이 마구랏이라고 부르는 거대한 초원 늑대가 가온의 곁을 어슬렁거리기 시작한 것은 갈기족을 구했을 때부터였다.

처음에는 가까이 오지 않고 마치 관찰이라도 하는 것처럼 어딜 가나 일정한 거리를 두고 따라다니며 지켜보더니, 엘프족과 달리아트족의 젊은 전사들이 승마술을 익히기 시작하자 마치 예전부터 그랬던 것처럼 자연스럽게 곁으로 와서 어슬렁거렸다.

"몸집이 일반 초원 늑대의 두 배는 될 것 같은데 붙임성도 좋고 애교도 잘 부리네요."

가온이 별 관심을 주지 않자 마구랏은 두 여인 주위를 떠나지 않고 그녀들이 볼 때마다 배를 드러내고 뒹굴거나 꼬리는 흔드는 등 애교를 떨었다.

그녀들은 들소보다 더 큰 녀석을 전혀 두려워하지 않고 수시로 녀석에게 간식을 주거나 털을 빗어 주기도 했다.

"이렇게 큰 놈이 애교를 부리니 오히려 이상하네."

가온은 마구랏이 혼울프를 사냥하는 모습을 직접 봤었다.

'무시무시했지.'

당시 마구랏은 혼자 혼울프 준보스 10마리의 목을 물어 죽이는 활약을 했었는데, 주력은 물론 도약력이나 치악력까지 늑대의 그것을 초월하는 모습을 보여 주었기 때문에 가온의 눈길을 끌었다.

그런 놈이 지금 가온의 곁을 맴도는 것이다.

그동안은 공략대와 던전에만 집중했던 가온도 일정이 미뤄지며 마음의 여유가 생기자, 자신을 보면 누워 배를 보이는 놈에게 관심이 생겼다.

"마구랏, 날 태워 줄 테냐?"

우우우우!

마구랏은 마치 가온의 말을 알아들은 것처럼 머리를 들어 낮게 하울링을 하더니 배를 바닥에 대고 몸을 낮추었다.

"어멋! 마구랏이 온 랑을 태워 주려나 봐요."

"갈기족 사람들이 말하길 마구랏은 태어나서 지금까지 누구에게도 등을 내준 적이 없다고 하던데, 정말 신기하네요."

가온은 신기해하는 아레오와 아나샤의 눈길을 받으며 마구랏의 등에 올랐다.

녀석의 체구가 얼마나 큰지 배를 바닥에 깔았음에도 체고가 거의 2미터 정도 되는 것 같았다.

가온이 균형을 잡기 위해서 허벅지에 힘을 주자 마구랏이 일어났는데 전투마보다 훨씬 더 높았다.

"한번 마음껏 달려 보자!"

문득 호쾌하게 달리고 싶은 생각이 든 가온이 그렇게 말하자 녀석은 알아들은 것처럼 천천히 걷다가 이내 속도를 내기 시작했는데 순식간에 가속을 했다.

그래도 가온의 몸은 흔들리지 않았다. 허벅지에 힘을 주고 있기도 했지만, 마구랏의 격한 요동에도 자연스럽게 몸의 균형을 잡을 수 있었기 때문이다.

그렇게 가온을 태운 마구랏은 마치 빛살처럼 초원을 마음껏 달렸고 어느 순간부터 가온의 지시에 따라 급정지, 급선회, 급가속 등 다양한 기마술을 깔끔하게 구사했다.

마침 주위에는 기마술을 익히거나 팔방풍우 도법을 수련하고 있던 수많은 갈기족과 달리아트족 그리고 엘프족이 있었기 때문에 그 모습을 모두 볼 수 있었다.

"……진짜 억터르텐이셨어!"

경의에 가득 찬 눈으로 그 모습을 지켜보던 한 갈기족 전사의 말이 갈기족 전부의 마음을 대변하고 있었다.

마구랏은 갈기족의 그 어떤 전사보다 빠르게 달릴 수 있으며 가끔 초원으로 사냥을 나오는 샤벨타이거까지 혼자 사냥할 수 있어, 갈기족에게는 신수(神獸)와 같은 존재감을 가지고 있었다.

하지만 녀석은 워낙 도도해서 대전사장들은 물론이고 전사장 그리고 대전사장으로 활약을 하다가 은퇴한 족장과 원로 중 그 누구도 자신의 등에 태우길 거부했다.

그렇기에 마구랏을 탈 수 있는 전사가 있다면 능히 분열된 갈기족을 통합하고 위대한 번영의 길을 열 거라는 얘기가 갈기족 사이에서 지금도 회자되고 있었다.

그런 차에 억터르텐일 가능성이 있는 가온이 마구랏을 능수능란하게 타고 부리는 모습을 보니 갈기족 전사들의 머릿속에는 그가 억터르텐일 거라는 확신에 가까운 생각이 떠오를 수밖에 없었다.

마구랏은 가온뿐 아니라 아레오와 아나샤에게 마음을 열었다. 가온이 타는 모습에 마음이 동한 그녀들까지 모두 태우고 초원을 마음껏 달렸다.

마구랏은 체고도 엄청 높았지만 목부터 엉덩이 끝까지의 길이가 3미터에 달해서 세 명을 태우고도 녀석은 전혀 힘들거나 지친 기색 없이 가온의 지시에 따라 다양한 동작을 펼쳤다.

'마수도 아닌데 마나를 본능적으로 쌓고 사용할 수 있다니 대단하네.'

결국 가온은 마구랏을 펫으로 받아들였다. 녀석은 그럴 가치가 충분했기 때문이다.

'아레오와 아나샤만 지켜 줘도 내 곁을 내줄 가치가 충분해.'

탈것으로의 가치도 높지만 그보다는 사랑하는 두 여인이 마력과 신성력을 모두 소진했을 때나 전혀 예상하지 못한 위험에서 지켜 줄 수 있는 존재로서의 가치가 훨씬 높았다.

달릴 때도 마나를 사용하는 능력을 보여 준 마구랏의 이빨과 발톱은 오러네일까지는 아니지만 검기에 버금가는 위력을 가지고 있었다.

'마구랏이 제대로 역할을 하려면 능력을 좀 올려야겠네.'

가온은 거의 2시간에 걸쳐 자신의 지시를 깔끔하게 이행한 마구랏에게 골드비 로열젤리가 포함된 비약을 주었는데, 희석하지 않은 원액이었다. 거기에 콰르 고기까지 아낌없이 먹였다.

덩치만큼이나 식성이 좋은 녀석은 거의 30인분에 해당하는 콰르 고기를 먹어 치우고 나서야 약 기운이 도는지 곤하게 잠이 들었는데, 다음 날 아침에도 깨어나지 않았다.

혹시 상태가 좋지 않은 것인지 몰라서 아레오가 그새 친해진 갈기족 주술사 한 명에게 부탁해 진찰을 하게 했다.

"숨소리나 몸 상태로 봐서는 안 좋은 문제는 없는 것 같습니다. 이전에도 마구랏은 사흘 내내 잠이 든 적이 있습니다. 아직 파트너가 정해지지 않았을 어린 시절이었는데, 그 후에 몸집이 이렇게 커졌지요."

가온도 내심 마구랏이 진화 과정을 겪고 있는 것이라고 예상했는데 맞는 것 같다.

아무튼 이렇게 되면 녀석은 마차를 만들어서 태우고 들어가든지 깨어날 때까지 기다려야만 했다.

가온은 단장들을 소집해서 먼저 훈련 상황을 점검했다.

"대장님이 전수해 준 마상도법의 위력이 생각보다 강합니다. 어제 하루 동안 팔방풍우라는 도법의 초식은 숙지했지만 다양한 상황에서 펼치려면 시간이 조금 더 필요합니다."

세 오천인장 중 한 명인 바토르가 그렇게 말했다.

"저는 도법도 도법이지만 마상도에 감탄했어요. 강철이나 합금보다 더 마나를 빠르고 쉽게 받아들이더라고요."

먼저 받은 마상도 2천여 개는 숙련된 전사들 위주로 지급했는데, 달리아트족의 수호전사인 헤알은 마상도의 뛰어남을 금방 알아챘다.

"저도 깜짝 놀랐습니다. 일반 도보다 서너 배는 더 긴 장도임에도 불구하고 마나를 이렇게 쉽게 받아들이는 무기는 처음입니다."

나중에 들은 얘기지만 젊은 시절에 한 왕국의 유명한 전사로 활약을 했던 울란스 역시 모라이족이 만든 마상도에 크게 감탄했다.

그들은 당연히 마상도를 어디서 구했는지 궁금해했는데, 가온이 미처 설명하기 전에 자신들끼리 이런 무구는 갓상점이 아니면 구할 수 없다고 결론을 내려 버렸다.

덕분에 가온은 자비로 전사들이 사용할 엄청난 숫자의 마상도를 구입할 정도로 부하들을 아끼는 사람이 되었다.

얼마 안 되는 모라이족 전사들은 입이 근질거렸지만 가온이 언급하지 않았기에 어쩔 수 없이 입을 닫고 있었다.

"기마술을 익히는 전사들은 어떤가?"

"다행히 기초 승마술은 익혔지만 아직 모든 부분에서 서투릅니다. 이동하면서 숙련도를 높이는 방법도 있지만 시간을 좀 더 주시면 기초 수준이나마 도법까지 펼칠 수 있을 겁니다."

제대로 된 승마술을 체득하려면 시간이 많이 필요하지만 아쉬운 대로 말을 타고 팔방풍우 도법을 펼치려면 시간이 더 필요하다는 얘기였다.

"던전에 들어가서 어떤 상황이 전개될지 알 수 없으니 도법까지는 어느 정도 펼칠 수 있는 수준은 되어야 안심할 수 있을 것 같습니다."

"제 생각에도 이틀 정도 시간이 필요할 것 같아요."

바토르, 울란스, 헤알이 단장들을 대표해서 의견을 밝혔다.

"그럼 던전은 사흘 후에 들어가도록 하지. 나머지 전사들이 사용할 마상도 그때 정도면 구할 수 있을 것이오."

결국 일정은 연기되었지만 다들 그 결정을 반겼다. 전사 대부분이 아직 던전에 들어갈 준비가 되지 않았다는 것을 느끼고 있었기 때문이다.

다들 구슬땀을 흘리며 마상도법과 기마술을 수련하느라고 하루가 짧을 정도였다.

본부대는 물론 게이트를 지키기로 한 엘프족 전사들도 훈련에 합류했다. 전투마를 타고 벌이는 전투를 언제 치를지 알 수 없다는 시르네아 등 대전사장들의 의사가 반영된 것이다.

툭 터진 초원을 말을 타고 바람을 가르고 달리면 두려움과 함께 가슴이 뻥 뚫리는 상쾌함을 만끽할 수 있었다. 승마 경험이 별로 없는 이들에게는 너무 각별한 경험이었다.

어린 전사들은 승마술을 익히느라 여념이 없었고 승마가 가능한 전사들은 팔방풍우 도법에 푹 빠졌다. 바람을 가르며 달리면서 거대한 마상도를 휘두르는 것 자체가 즐거운 일이었다.

승마술을 가장 빠르게 익힌 것은 의외로 모라이족이었다. 원래 동물들과의 교감 능력이 뛰어났던 만큼 말의 요동이나 달리는 리듬 그리고 생소한 높이에 금방 적응한 모라이족 전사들은 하루 만에 승마에 익숙해졌고 다음 날은 팔방풍우 도법에 입문했다.

던전도 수련에 도움을 주었다. 큰 규모의 마수와 몬스터들이 빠져나온 직후여서 그랬는지 어떤 놈도 게이트를 빠져나오지 않아서 전사들이 수련에 전념할 수 있도록 해 준 것이다.

마구랏은 출발 전날 아침에야 긴 잠에서 깨어났다.

"온 랑, 우리 마구랏이 더 커진 것 같아요!"

"정말이네. 털도 더 길어지고 몸도 전체적으로 커졌어요!"

가온의 눈에도 그렇게 보였지만 단순히 몸집만 커진 것이 아니었다.

─주인과 또 달리고 싶다!

뜻밖에도 마구랏은 가온에게 직접 의념을 보낼 수 있게 되었다. 영약의 도움으로 정말 진화를 해 버렸는데 펫 계약을 하지 않았음에도 가온을 주인으로 받아들였다.

'우리 셋을 태우고 달려 볼 테냐?'

−문제없다! 주인의 암컷들은 너무 가볍다!

과연 진화한 덕분인지 마구랏은 셋을 태우고도 너무나 가볍고 빠르게 초원을 질주했는데, 속도가 얼마나 빠른지 아레오와 아나샤는 눈을 뜨지 못할 정도였다.

단순히 주력만 빨라진 것이 아니었다. 전투력 역시 진화라는 이름에 어울릴 정도로 큰 폭의 성장을 했다.

멀리까지 달려 나온 마구랏은 50마리 규모의 혼울프 무리를 보고는 공격 본능이 솟아났는지 사냥을 하고 싶어 해서 그렇게 하도록 했는데, 채 5분도 되지 않아서 1마리도 남김없이 사냥을 해 버렸다.

앞발로 치면 혼울프의 머리통이 과자처럼 쉽게 부러졌고 목을 물면 커다란 살점이 떨어져 나왔다. 이제 녀석은 오러네일을 시전할 수 있게 된 것이다. 그 모습이 마치 양 떼 속의 늑대처럼 보일 정도로 압도적이었다.

식욕이나 소화 능력도 엄청나게 높아져서 사냥한 혼울프 50마리를 마정석은 물론 뼈까지 모조리 먹어 치웠다. 배꼽이 배보다 더 큰 경우라고 할 수 있을 정도로 그건 말이 안 되는 현상이었지만 엄연히 세 사람의 눈앞에서 벌어진 일이었다.

가온은 이런 폭식이 진화의 나머지 과정에 필요한 에너지를 확보하기 위한 것이 아닐까 추측했다.

"하하하. 앞으로 놈을 먹여 살릴 일이 걱정이네."

"설마 매번 이렇게 많이 먹지는 않겠죠."

다행하게도 가온의 우려는 헛된 것이었다. 그렇게 한번 폭식을 하면 일주일에서 열흘은 아무것도 먹지 않았다.

그렇게 던전을 들어갈 준비가 마무리되고 있었다.

던전

던전에 처음 들어온 젊은 전사들은 게이트를 통과할 때부터 잔뜩 긴장을 했지만 머리가 어지럽고 속이 거북한 것을 제외하고는 별 이상이 없었다.

던전에 들어온 공략대원 대부분은 바깥과는 완전히 다른 환경에 크게 놀랐다. 밖은 짧은 풀이 대부분인 초원이었지만, 이곳은 얘기로만 들었던 대륙 남부의 울창한 수림지대였기 때문이다.

건조한 초원과 달리 이곳의 공기는 습기가 많았고 온도도 높아서 벌써 땀이 나는 것 같았지만 다들 마나를 사용할 수 있는 실력인 만큼 빠르게 적응하고 있었다.

게다가 던전의 풍광을 제대로 감상할 여유는 없었다. 게이트 앞쪽을 비우기 위해서 들어온 순서대로 출발해야만 했다.

그렇게 게이트를 넘자마자 시작된 이동은 흐릿한 햇빛이 약해지고 거대한 초지가 나타나고 나서야 끝이 났다.

명령에 따라 공략대가 숙영 준비를 하는 동안 정찰대가 세 방향으로 정찰을 나갔다. 정찰대는 각 전사단에서 발이 빠르고 눈이 좋은 전사 10명씩을 차출해서 편성했는데, 엘프족 대전사장이자 미스릴 중급 경지인 롭이 지휘하기로 했다.

오래 머물 것이 아니기에 숙영 준비는 오래 걸리지 않았다. 10인대가 잘 수 있는 천막을 쳐서 안에 가죽을 깔고 주위에 배수로를 파는 것으로 숙영 준비가 끝난 것이다.

일부는 그 작업에서 제외되어 숙영지의 외곽을 따라 밟으면 소리가 나는 종과 같은 금속 아이템을 촘촘하게 뿌리는 작업을 하거나 말을 돌보는 작업을 했다.

그렇게 숙영 준비가 끝나자 십인대별로 식사 준비를 했는데, 첫날이라서 특별히 불을 피워 조리를 하지는 않고 미리 준비해 온 건량으로 해결하기로 했다. 혹시 몰라 물까지 준비했으니 굳이 물을 찾을 필요도 없었다.

저녁 식사가 거의 끝나 갈 때 숙영지로 복귀한 정찰대는 첫날부터 중요한 정보를 가지고 왔다.

"내가 공중 정찰을 했을 때보다 수가 배는 늘었군."

가온이 미리 정찰을 했을 때 확인했던 오크 부락의 규모가 커졌다.

"목책의 절반이 생나무인 것으로 봐서는 최근에 확장한 것 같습니다."

무슨 이유에서인지는 모르겠지만 오크 두 무리가 합쳐진 것인데, 그 부락이 하필이면 공략대가 선택한 루트의 경계에 있었다. 즉, 반드시 처리하고 가야 한다는 얘기였다.

"오늘 밤에 처리합시다."

던전에 들어오자마자 오크 5천여 마리를 상대해야 하는 상황이었지만 공략대의 수뇌들은 오히려 기대하는 얼굴이었다. 5천 마리 전부가 전사라고 해도 질 것 같지 않았다.

숙! 숙! 숙!

캄캄한 어둠을 뚫고 화살들이 약간의 시간 차를 두고 날아가더니 폭이 넓은 목책 위에 일정한 거리를 두고 서 있던 오크 경계병들이 쓰러졌는데, 하나같이 목에 화살이 꽂혀 있었다.

'역시 엘프의 궁술은 대단하네.'

몸에 장착할 수 있는 특수 구조물을 통해 아레오, 아나샤는 물론이고 지원대로 합류한 엘프족 대전사장인 시르네아와 라토우를 대동하고 적당한 높이를 날고 있는 가온의 눈에 감탄의 빛이 떠올랐다.

특정한 순간을 지정한 것도 아닌데 동료들과 보조를 맞추어 화살을 날려 정확하게 목표의 목을 뚫은 것이다. 덕분에 어둠에 잠겨 있는 오크 부락은 고용하기만 했다.

'화톳불을 준비해!'

본부대원들이 목책 쪽으로 달려가서 3명이 한 조가 되어 목책과 열 보 정도 떨어진 지점에 미리 준비해 두었던 마른 나뭇가지들을 쌓고는 불을 붙였다.

곧 목책 주위가 환해졌다. 족히 100여 개에 달하는 거대한 화톳불이 목책 바깥은 물론 안쪽까지 어느 정도 밝혀 준 것이다.

'불화살을 준비해!'

가온이 의념으로 지시를 내리자 본부대의 엘프 궁사들은 화살촉 부분에 기름 먹인 천을 둘둘 감은 화살을 꺼내 들더니 화톳불에 불을 붙였다.

'아레오!'

화공의 개시는 아레오가 맡았다.

쫘앙. 화르르.

홀연히 아레오의 가슴 앞쪽에 나타난 성인 머리통 크기의 화염 덩어리가 오크 부락 중앙에 있는 가장 큰 목조 건물을 향해 날아갔다.

쫘앙!

그 화염구는 폭발음과 함께 건물을 한순간에 집어삼켰고 순간 어둠에 잠겨 있던 오크 부락의 모습이 붉게 빛났다.

그 빛을 이용해서 미리 대기하고 있던 궁사들은 불을 붙이지 않은 화살을 시위에 걸었다. 그리고 차링을 비롯한 원소 술사들이 불화살에 불을 붙이자 순서대로 무질서하게 늘어 선 움집들을 향해 날아갔다.

그렇게 세 번에 걸쳐 오크 부락으로 날아간 불화살의 개수 는 무려 1,200여 개에 달했고 당연히 오크 부락은 거센 화염 에 휩싸였다.

"추액!"

"췍!"

사방에서 비명과 신음 그리고 고함이 터져 나왔다. 곤하게 자다가 집이 화염에 휩싸이자 깨어난 오크들은 온통 불밖에 보이지 않는 상황에 공포에 질려 울부짖었다.

그때 화살이 닿지 않는 고공으로 날아오른 가온이 목표의 거리를 파악하고 화살을 시위에 걸고 있는 12개 전사단에게 의념으로 명령을 내렸다.

'발사!'

오크 부락 전체로 퍼진 거센 화염에 오크들은 모두 움집에 서 뛰쳐나온 상황이었고 혼돈 상태이기 때문에 굳이 목표를 설정할 필요가 없이 그냥 오크들이 많은 곳으로 화살을 발사 하기만 하면 된다.

무려 1만 2천에 달하는 화살이 오크 부락을 향해 연거푸 세 번에 걸쳐 날아갔고, 당연히 수없이 많은 오크들이 화살 에 목숨을 잃거나 부상을 입었다.

얼마 후 불길이 꺼진 오크 부락의 모습은 끔찍했다. 움집을 포함한 건물은 모조리 타 버려서 부락 전체가 새까맣게 변해 버렸다.

물론 그럼에도 불구하고 살아남은 전사들은 꽤 있었다. 몸 일부분에 화살이 꽂힌 상태에서도 다크오크 전사들은 본능에 새겨진 대로 가까운 곳에서 고함을 지르는 족장이나 주술사 그리고 대전사장의 주위로 모여들었다.

하지만 전사가 아니거나 전사라도 공황 상태를 극복하지 못한 다크오크 1,500여 마리는 잦아드는 불길에도 불구하고 어떻게든 멀리 도망칠 생각밖에는 없어 목책을 향해 달리기 시작했다.

족장이나 대전사장 혹은 전사장으로 추정되는 강한 개체들이 어떻게든 사태를 수습하기 위해서 피어에 가까운 고함을 질렀지만, 이런 상황에서 제대로 먹힐 리가 없었다. 암컷 일부는 새끼들조차 챙기지 못할 정도로 공황 상태에 빠져 있었다.

그런 모습을 본 다크오크 전사들도 자연스럽게 발길을 부락 밖으로 향했다.

이유는 좀 달랐다. 목책 위에서 화살을 날린 적들에게 복수를 하기 위함이었다.

'전사 계급도 많이 살았네.'

부락 상공에서 지켜보던 가온은 다크오크의 질긴 생명력

에 혀를 내둘렀다. 5천 중 전사 500여 마리를 포함해서 무려 2천 마리가량이 화상을 입거나 몸에 화살을 꽂힌 상태에서 부락을 빠져나가기 위해 도망치고 있었다.

'자, 이제 우리 차례야!'

고공에서 그런 다크오크들을 지켜보던 가온은 자신의 몸에 결합된 뼈 구조물에 매달린 네 명에게 의념을 보냈다.

아레오는 파이어볼, 아나샤는 홀리스피어를 생성했고, 시르네아와 라토오는 마나를 주입한 화살을 시위에 걸었다.

목표는 족장과 주술사를 포함한 대전사장들이다.

생존 본능과 복수심으로 눈이 뒤집힌 다크오크들을 어떻게든 통제하려고 고함을 지르던 놈들이 캄캄한 어둠, 그것도 하늘에서 날아오는 공격을 제대로 대비할 수 있을 리가 없었다.

늙은 주술사 2마리는 파이어볼과 마나가 담긴 화살에 머리가 꿰뚫려 즉사했다.

하지만 오크 족장과 대전사장 1마리는 홀리스피어와 마나가 주입된 강철 화살이 머리통에 꽂히기 직전에 감각으로 알아챘다. 물론 피할 여유가 없었기에 무기로 쳐 내려고 했다.

하지만 놈들을 노리는 것은 공격 마법과 강철 화살이 전부가 아니었다. 홀리스피어와 화살의 궤적을 그대로 따라가던 마나탄의 존재는 꿈에도 생각하지 못했다.

퍽! 퍽!

이번에 발사한 마나탄은 속도와 관통력에 치중한 이전의 것과 달리 반대 속성의 마나를 압축해서 담았기 때문에 목표에 맞는 순간 강력한 폭발이 발생했다. 두개골이 부서지고 뇌가 드러날 정도로 강력한.

다크오크 족장과 대전사장은 그런 상태에서도 즉사하지 않는 높은 생명력을 보여 주었지만 이어 날아오는 파이어볼과 홀리스피어 그리고 마나 화살을 피하지 못하고 비명도 지르지 못하고 죽고 말았다.

그렇게 다크오크 중 가장 위험한 존재들을 죽이는 데 성공한 가온은 날개를 힘차게 흔들어 다시 고공으로 날아올랐다.

다크오크들이 불을 피해서 도망치려는 본능과 복수심에 눈이 뒤집혀 목책을 향해 달리는 동안 본부대의 엘프 궁사들은 전사장으로 추정되는 개체들을 향해 집중적으로 화살을 날렸다.

목표가 된 놈들은 황급히 피하거나 마나를 사용해서 화살을 쳐 냈지만 피할 것까지 예상하고 날아간 100발 이상의 화살 세례를 견디지 못하고 결국 온몸에 화살을 꽂은 상태로 죽어 나자빠졌다.

'후퇴!'

다크오크의 선두가 목책과 수십 보 거리로 가까워진 순간 가온의 명령이 떨어지자 본부대는 신속하게 목책을 내려와 뒤로 물러났다.

아직도 공황 상태에 빠져 있는 다크오크들은 목책을 넘기 시작했다. 당연히 암컷이나 전사가 아닌 놈들은 뒤로 쳐졌기에 목책을 먼저 넘은 개체들은 대개 전사 계급이었다.

그렇게 다크오크 전사 대부분이 목책을 완전히 넘었다. 하지만 놈들은 시야에 들어온 화톳불에 강한 불길함을 느끼고 걸음을 늦추었다.

그때 놈들을 맞이하는 것이 있었다. 화톳불의 빛이 미치지 않는 어둠 속에서 날아온 화살이었다.

푹! 푹! 푹!

뒤로 물러난 본부대를 포함해서 무려 1만이 넘는 전사들이 일제히 화살을 쐈기 때문에 다크오크들은 온몸에 화살을 꽂은 모습으로 죽을 수밖에 없었다.

피할 곳이 전혀 없었다. 뒤쪽은 자신들에게 추월당한 일반 다크오크들이 목책을 내려오고 있었다.

다크오크 전사가 아무리 강인한 생명력과 방호력을 가졌다고 해도 심장과 머리에 화살이 꽂히면 죽을 수밖에 없었다. 엘프족만큼은 아니었지만, 갈기족이나 달리아트족 모두 궁술에는 일가견이 있었고 목책 앞에 피워진 화톳불의 빛이 있었기에 빗나가는 것은 거의 없었다.

하지만 글레이브를 포함한 날붙이를 휘둘러 화살을 쳐 내는 개체들이 아예 없는 것은 아니었다. 일반 오크와 섞여 있던 최소한 전사장급의 다크오크들도 있었다.

그런 놈들에게는 따로 준비한 것이 있었다.

'직접 교전은 금한다! 계속 화살을 쏴! 다크오크 전사장들은 백인대장 이상이 맡아서 처리해!'

골드급에 해당하는 백인대장들은 서너 명이 한 조가 되어 화살을 쳐 내는 다크오크 전사장들을 맡았다. 시간만 주어진다면 1대1로도 충분히 다크오크를 처리할 수 있는 실력이기에 목표를 쓰러뜨리는 데는 그리 오래 걸리지 않았다.

게다가 가장 위험한 존재인 다크오크 수뇌부는 거의 모두 가온 일행에게 죽임을 당했기에 위험할 일은 없었고, 설사 있다고 해도 대기하고 있던 전사단장들에 의해 처리가 되었다.

그렇게 무려 5천 마리에 달하는 대규모 오크 부락이 불태워지고 모든 오크가 죽는 데 걸린 시간은 불과 1시간 남짓이었고, 피해는 경상자 몇 명에 불과했다.

⁂

사냥이 끝난 후 가온은 지상으로 내려와서 오크 사체들 사이를 천천히 걸어 다니면서 파워드레인 스킬을 펼쳤다.

남들이 뭐라고 할 테지만 늘 그렇듯 그런 거에 신경을 쓰지는 않았다.

'대체 이게 다 얼마냐!'

던전의 특전이 적용되어서 그런지 흡수되는 에너지의 양이 어마어마했다. 물론 그래도 기존에 보유한 에너지와 비교하면 매번 실망만 하지만 말이다.

그렇게 사체에서 방출되는 에너지를 흡수하던 가온의 발길이 부락 중앙에서 멈추었다.

'뭐지?'

아까부터 느낀 거지만 지면의 상태가 좀 이상했다.

'울림이 느껴져.'

모두 그런 것은 아니고 특정한 바닥을 걸을 때 묘한 공명이 느껴졌다. 귀로 듣는 것이 아니라 몸으로 느낄 수 있는 감각이다.

'그러고 보니 다른 복색을 한 오크 몇 마리가 부락 밖이 아니라 중앙 쪽으로 도망치고 있었어!'

물론 그런 놈들도 다 죽었다. 중앙 쪽에 화살이 집중되었기 때문이다.

가온은 새까맣게 타서 무너진 목조건물의 잔해에 주목했다. 그것은 족장 혹은 주술사의 거처로 보이는 가장 큰 건물 중 하나였다.

타다 만 시커먼 파편과 재를 헤치고 건물터로 들어간 가온은 얼마 후 아래로 내려가는 굴의 입구를 찾을 수 있었다.

'창고인가? 아니면 은신처?'

주술사라면 지능이 높은 놈이니 지하에 적당한 도피 공간을 마련해 두었을지도 모른다.

가온은 아래로 내려가려면 시커먼 재를 몸에 묻혀야 했지만 호기심에 귀찮음과 더럽힘을 감수하고 아래로 뛰어내렸다.

시력이 미치지 않는 어둠에 잠겨 있는 굴의 깊이가 사람키의 두 배 정도라는 건 감각으로 알고 있었다.

가볍게 착지한 가온이 나이트비전 스킬을 활성화시켰다. 현재 감각으로도 충분히 주위를 볼 수 있지만 좀 더 자세하게 살펴보기 위해서였다.

바닥은 위쪽과 달리 꽤 넓은 공동이었다. 스무 명 정도가 충분히 들어갈 공간이어서 위에서 보면 마치 호리병과 같은 구조였다.

그런데 특이한 것이 보였다.

'호오! 창고나 은신처가 아니라 굴을 팠네.'

어디로 연결되는 건지는 알 수 없지만 사람 한 명이 들어갈 수 있는 크기의 땅굴 여섯 개가 시커먼 입을 벌리고 있었다.

각각의 굴 안쪽으로 마나를 방출해서 돌아오는 마나 파장으로 살펴본 결과 굴들은 상당히 멀리까지 이어져 있었다.

가온은 한 곳을 정해서 들어가 보려다가 그만뒀다.

'굳이 그럴 필요가 없지.'

보물이라도 숨겨져 있다면 모르지만 인간도 없는 던전의

오크들이 뭔가 귀중한 것을 숨기려고 여섯 개나 되는 긴 굴을 팠을 것 같지는 않았다.

게다가 위쪽은 난리가 난 상태였고 오크들이 제대로 땅굴을 완성했을 것 같지가 않았다. 들어갔다가 굴이 무너지기라도 하면 어떻게든 빠져나올 수는 있지만 시간 낭비에 불과했다.

그렇게 호기심을 누른 대가도 있었다. 공동 한쪽에 마정석이 가득 들어 있는 원시적인 토기 수백 개가 먼지와 재를 뒤집어쓴 채로 쌓여 있었다.

그것들을 챙기고 밖으로 나오자 아직도 열기가 남은 오크의 주거 지역을 엔릴을 비롯한 사령술사들이 돌아다니며 상태가 비교적 온전한 오크 사체를 챙겨서 일전에 가온이 준 대형 아공간 주머니에 집어넣고 있었다.

"사람들 눈을 조심해서 작업해."

"네!"

방금 죽은 오크 사체들은 언데드의 훌륭한 재료였기에 사령술사들은 흐뭇한 미소를 지으며 작업을 지속했다.

갈기족이나 달리아트족 모두 첫 승전에 크게 흥분했다. 오크보다 더 강력한 다크오크 5천여 마리를 사냥하면서 거의 피해가 없었으니 믿기가 힘들었기 때문이다.

그래서 전장에 투입되어 확인 사살을 하면서 마정석을 적출하면서도 다들 싱글벙글했고 갈기족과 달리아트족 사이에도 묘한 유대감이 생성되었다.

전사단장들을 포함한 두 부족의 수뇌들도 첫 승전에 크게 만족하는 한편 깨달은 것이 많은 얼굴이 되었다.

"우리 숫자가 압도적이었고 대장님의 특수 능력이 빛나기는 했지만 이번에 세운 전과는 너무 파격적이야."

"이게 모두 참모진이 짠 전술 덕분이야. 그동안 우리가 해 왔던 사냥이나 전투 방식이 얼마나 무식했는지 자괴감이 드네."

"우리도 진작부터 이렇게 효율적으로 전투를 했다면 일족의 숫자가 몇 배는 더 커졌을 텐데."

"맞아. 그저 용맹하게 싸우고 장렬하게 죽는 것이 진정한 전사라고 우리를 세뇌시킨 선대 전사들이 원망스러워."

"무엇보다 정찰이 가장 중요해."

이번 오크 사냥을 통해서 전사들을 대규모로 지휘해 본 그들이 받은 충격은 엄청나게 컸다.

'아마 우리가 하던 방식으로 오크들을 공격했으면 적어도 1할 이상은 죽었을 거야. 최대 3할까지는 부상을 입었을 것이고.'

나름의 전술을 쓰기도 했지만 갈기족과 달리아트족의 사냥과 전투 방식은 전사 개개인의 용맹과 능력을 중시했을 뿐 집단의 힘을 제대로 이용하지 못했다는 반성을 할 수밖에 없었다.

그도 그럴 것이 전사들은 다크오크의 세 배가 넘었지만 무기를 들고 오크들을 직접 상대한 이들은 백부장급에 한정되었고, 나머지는 오로지 화살을 쏘았을 뿐인데 이런 결과가 나온 것이다.

물론 본부대의 궁사들처럼 어둠 속에서도 정확하게 목표의 목을 화살로 뚫을 수 있는 정교한 궁술을 보유해야 하고, 어둠에 잠겨 있던 고공을 날아다니면서 강력한 전투력을 가진 오크들을 암살할 수 있는 가온과 같은 능력자는 변수였지만, 상대와 환경에 맞춘 전술의 중요성은 조금도 희석되지 않았다.

결론은 명확했다.

"많이 배워야 해!"

제대로 대응하지 못해서 창궐하는 마수와 몬스터 들에게 인명 피해와 함께 터전을 떠날 수밖에 없었고, 제국 측의 요구에 일족의 전사 2천을 내줄 수밖에 없었던 갈기족이나 흩어져 평화롭게 살다가 뤼나웜으로 인해 급증한 마수와 몬스터의 위협에 도망치듯 한곳에 모여서 모든 것이 부족한 환경에서 살게 된 달리아트족 전사들은 더 강한 힘을 갈구했다.

하지만 전사들의 역량은 노력한다고, 수련에 매진한다고 쉽게 높아지는 것은 아니다. 한번 정체기에 들어서면 열 중 아홉은 벽을 넘을 수 없었다.

그런데 이번에 다크오크를 공략하면서 새로운 힘의 정의를 깨달았다. 전사 개개인의 무력은 쉽게 높일 수 없지만 집단의 무력은 전술에 따라서 얼마든지 높일 수 있다는 사실을 말이다.

그렇기에 두 부족의 수뇌부는 그런 전술을 입안한 참모들이나 쉽게 흉내 낼 수 없는 특별한 능력을 가지고 있으며 전황을 파악하고 제때 맞는 명령을 내리는 가온에 대해서 경외할 수밖에 없었다.

그런 분위기는 자연스럽게 지휘 체계가 공고해지는 결과로 이어졌고, 공략대의 사기 또한 자연스럽게 높아졌다.

다음 상대는 혼트롤이라는 이름을 가진 특별한 트롤이었다. 오크 부락으로부터 말로 반나절 떨어진 숲에 서식하는 무리였다. 놈들의 서식지가 진로에 포함되어 있었기에 어떻게든 사냥을 해야만 했다.

혼트롤은 숲에 자리를 잡았지만 거구로 인해 움직이기 편하도록 나무들을 부수었기 때문에 먼저 비행 정찰을 나온 가온은 말로 3시간 거리에서 놈들의 존재를 관측할 수 있었다.

가온은 좀 더 자세한 정보를 위해서 정찰대를 혼트롤이 서식하는 숲으로 보냈다.

반나절 후, 복귀한 정찰대의 보고에 의하면 혼트롤은 머리에 짙은 자색의 구부러진 뿔이 돋아 있는데 키가 거의 8미터에 육박할 정도로 거대한 몸집을 가지고 있었으며 놀랍게도 뿔을 통해서 검은 전격을 방출할 수 있는 능력까지 있다고 했다.

일부 정찰대원들이 육안으로 관찰한 결과 세 아름에 해당하는 나무를 주먹질 한 방으로 부러뜨렸고, 마수로 변이한 것으로 보이는 거대한 들소를 먼 거리에서 뿔에서 방출한 전격 한 방으로 감전시켜 죽였다고 했다.

그 정도라면 다크오우거에 못지않은 등급으로 상정해야만 했다.

보고를 접한 공략대 수뇌부는 난감할 수밖에 없었다. 혼트롤의 전투력을 오우거로 상정한다고 해도 검사를 발현할 정도의 실력을 가진 전사들이 합공을 하면 어느 정도 상대할 수 있지만 전격 능력까지 갖추었다면 문제가 달라질 수 있었다.

"육체적인 능력이 오우거에 비견될 정도에 재생 능력은 물론이고 전격 능력까지 가지고 있다니 정말 곤란하네요."

게다가 숫자가 무려 22마리에 달하니 아무리 1만 6천이 넘는 대군이라고 해도 쉽게 사냥할 수 있는 대상이 아니었다.

"대장님, 혼트롤을 1마리 혹은 몇 마리씩 유인해서 처리할 수는 없을까요?"

이미 비슷한 경험을 한 아레오가 가온을 쳐다보며 물었다.

"피해를 줄이려면 그 방법밖에는 없지."

정찰대원들이 설명한 혼트롤이라면 가온이 생각하기로도 소규모 무리로 찢어 놓은 후 화력을 집중시켜 사냥하는 것이 최선이었다.

일반 트롤만 해도 생체 보호막이 워낙 강해서 마나를 주입하지 않은 화살이나 창으로는 아무런 상처도 입힐 수 없었다.

게다가 타고난 민첩성과 오우거에 근접하는 거대한 몸을 가지고 있는 만큼 힘도 강력할 테니 숫자로 밀어붙이면 필시 엄청난 피해가 발생할 것이다.

다만 걱정이 되는 것은 혼트롤의 감각 능력이다. 지난번에 상대했던 마운틴트롤보다 감각이 뛰어나다면 1마리 혹은 몇 마리 단위로 유인하는 게 쉽지 않을 것이다.

'어쨌거나 성공시킬 수는 있어.'

제대로 안 되면 정령들까지 불러낼 생각이다. 추가 보상도 좋다지만 보상이 쏟아질 초대형 던전을 안전하고 빠르게 클리어하는 것이 더 중요했다.

"아나샤 참모, 성물이 얼마나 되지?"

"홀리필드진이나 홀리피어진을 이용하려고요?"

"그편이 가장 효과적일 것 같군."

"그렇다면 홀리피어진을 이용해서 처리해야 해요. 혼트롤이 전격을 사용한다니 홀리필드진은 큰 효과를 발휘하기 힘들 수도 있어요."

생각해 보니 그럴 것 같았다.

"성물은 모두 스물한 개지만 상급은 열한 개에 불과해요."

그렇다면 신성진 두 개가 한계다. 신성진은 기본적으로 오망성의 형태를 하고 있기 때문이다.

"하지만 성물을 중첩하면 홀리피어진을 세 개까지 설치할 수 있어요."

가온이 잠시 생각에 잠긴 사이, 아나샤가 무슨 얘기가 오가는지 궁금해하는 수뇌들에게 신성진의 위력에 대해서 자세히 설명했다.

"진의 크기를 최대로 키우면 몇 마리가 들어갈까?"

"효율적인 공격을 감안하면 4마리 정도가 한계예요."

자신의 능력으로 그 정도는 충분히 유인할 수 있었다.

문제는 최대 12마리를 유인해서 각각 4마리씩 홀리피어진에 몰아넣은 후의 상황이다. 진에 빠진 혼트롤들을 처리하는 과정에서 필연적으로 소음이 발생할 수밖에 없어 나머지 10마리를 어떤 식으로 상대할 방법이 필요했다.

'혼트롤 정도라면 홀리피어진의 가장 큰 효과인 착란이나 환각 등은 기대하기 어렵지만 그래도 디버프 효과는 있을 거야. 어쨌거나 놈들의 전력을 1할만 낮추어도 우리 전력이라면 혼트롤들을 사냥할 전력은 충분해.'

당장 본부대에 포함된 엘프족 대전사장 열 명이 능숙하게 오러블레이드를 사용할 수 있는 강자들이며 그들 외에도 스무 명 정도가 오러블레이드를 어느 정도 사용할 수 있었다.

'나머지 10마리는 내가 멀리 끌고 가서 거대화 스킬을 이용해서 상대해야겠네.'

혼자서 혼트롤 10마리를 감당할 수 있을지 여부는 알 수 없었지만, 전력을 발휘한다면 가능할 것도 같았다.

"좋아. 그럼 홀리피어진으로 하지."

공포나 환각 등 정신적인 상태 이상을 일으킬 수 있는 홀리피어진은 혼트롤에게 제대로 통하지 않을 가능성이 아주 높았다. 놈들의 정신력이 높아서가 아니라 마법 저항력이 높기 때문이었다.

그래도 마수인 만큼 신성력에 의한 전력 약화는 필연적이다. 가온의 예상으로는 최소 1할의 디버프 효과는 있을 것 같았다.

혼트롤의 전력을 1할 이상 약화시킬 수 있다는 건 굉장한 이점이었다.

"이번 혼트롤 사냥에는 오러스레드를 사용할 수 있는 전사들만 나서도록 하지. 아! 마나를 주입한 화살도 통하긴 할 테니 백인장급도 준비하도록!"

이의는 없었다. 검기를 사용하는 정도로는 혼트롤에게 유의미한 피해를 입힐 수 없다는 사실을 공략대 수뇌부는 모두 알고 있었기 때문이다.

"그런데 어떻게 혼트롤을 유인하실 생각인가요?"

아레오의 질문에 가온은 바로 대답하지 못하고 잠시 고심했다. 그리고 얼마 후 해답을 내렸다.

가온은 엘프족 사령술사인 엔릴을 소환했다.

"엔릴, 나와 함께 혼트롤을 유인하는 임무를 수행할 테니 세 명을 더 선발해."

"네! 네? 무슨?"

가온은 자신의 생각이 앞서갔음에 쓴웃음을 짓고는 엔릴에게 자세히 설명했다.

"그러니까 언데드로 연성 중인 오크를 이용해서 혼트롤을 신성진이 펼쳐진 곳까지 유인한다는 거죠?"

"그래. 놈들의 구미를 끌려면 한곳에 적어도 100마리는 되어야 할 거야, 그것도 강한 놈들로."

가온이 익힌 사령술과 달리 엔릴이 익힌 언데드 제조 스킬은 완성되는 데 시간이 필요했다.

사체를 언데드로 만드는 데 필수적인 사령진에 염력으로 대기 중에 퍼져 있는 미약한 죽음의 기운을 모아서 지속적으로 주입해야만 했다.

특히 이제 막 언데드로 만든 사체의 경우 죽음의 기운보다는 생자의 기운이 더 강해서 제대로 조종을 할 수가 없다.

그래서 엘프 사령술사들이 만든 언데드의 경우 완성되는데 적어도 하루 이상의 시간이 필요했다. 그 전까지는 제대로 된 언데드의 위력을 발휘하기가 힘들었다.

그런데 그 점이 지금의 상황에서는 유리했다.

'행여 혼트롤이 언데드에는 관심을 안 보일 수도 있으니.'

가온의 추측이기는 하지만 트롤이나 오우거 성체의 경우 의심이 많아서 자신이 직접 사냥한 것이 아니면 사체에 별 관심을 보이지 않는다는 사실에 기반한 생각이니 어느 정도 맞을 것이다.

"연성 중인 오크 사체가 몇 구나 되지?"

"한 명이 대략 40마리를 만들고 있으니 400구 정도 될 겁니다."

엔릴을 포함한 사령술사들은 오크 공략에 성공한 직후 언데드로 만든 직후 공략대의 이목을 고려해서 가온이 선물한 대형 아공간 주머니에 넣었다. 아공간은 시간의 흐름이 극도로 느려서 밤에만 꺼내 두기 때문에 완벽한 언데드가 되려면 아직 시간이 더 필요했다.

"좋아! 신성진을 설치할 장소부터 선정해야 하니 일단 대기하고 있어."

엔릴에게 그렇게 말한 가온은 바로 아나샤와 차링을 데리고 하늘로 날아올라서 혼트롤이 서식하는 숲 주위를 샅샅이 살펴보았다. 그리고 적당한 곳들을 찾을 수 있었다.

그런 장소는 주위보다 낮고 주위가 나무 등으로 외부에서 발견하기 어려운 곳이라는 공통점이 있었다.

차링은 신성진의 범위에 해당하는 범위의 땅을 단단하고 매끈하게 다져서 아냐샤가 신성진을 용이하게 설치할 수 있도록 했고 중앙 부분은 조금 높였다.

아냐샤가 마지막 성물만 남기고 신성진을 설치한 후 차링은 대기의 수분을 끌어모아 물로 채웠다.

가온은 물 위로 드러난 중앙 부분에 오크 사체 30여 구를 꺼내 놓았다. 죽은 직후에 아공간에 챙겨 놓은 놈들이었다.

그렇게 세 곳을 돌아다니면 신성진을 포함한 함정을 완성한 후에야 가온 일행이 복귀했다.

혼트롤을 상대할 인원 선별을 마친 단장들이 기대 가득한 얼굴로 그를 맞이했다.

"준비는 끝났소. 은밀하게 신성진 주위로 이동한 후 대기하다가 혼트롤이 진으로 들어가고 진이 발동하면 즉각 공격하면 되는데, 당연히 공격은 화살과 투창이 주가 되어야 할 것이오. 선별된 대원들은 대기하고 있다가 어느 정도 힘이 빠진 혼트롤을 합공하면 되고."

굳이 어렵게 설명할 필요는 없었다. 다들 노련한 전사들인 만큼 상황에 적절하게 대응할 거라고 믿었다.

"벌써 시간이 정오가 다 되었으니 간단하게 식사를 하고 움직입시다."

사냥이나 전투는 긴장 상태가 오래 지속되는 만큼 엄청난 에너지를 소모한다. 당연히 몸이 무거울 정도의 포식을 피해야 하지만 속을 든든하게 채워야만 했다.

엔릴 등 사령술사들이 연성 중인 오크 언데드를 활용한 유인 작전은 성공했다. 혼트롤은 멀리에서도 오크 몇 마리가 어눌하게 움직이는 것을 보고 침을 질질 흘리며 달려온 것이다.

그 모습을 보고 3마리가 더 따라붙었는데, 자신들을 보고 도망을 치는 오크들을 단숨에 낚아채어 가공할 악력으로 머리를 터트려 버렸다.

혼트롤들은 덩치만큼이나 많이 먹는지 순식간에 오크를 여러 부분으로 찢어서 먹어 치웠다.

가온이나 엔릴 등 사령술사들은 행여 혼트롤들이 오크가 언데드인 사실을 알아채고 뱉어 버릴까 걱정했지만 생명의 기운이 짙게 남아 있어서 그런지 그런 기색은 전혀 없었다.

그런 혼트롤들은 조금 떨어진 곳에 또 다른 오크들이 움직이는 것이 보이자 나름 몸을 숨기려는 듯 낮추며 살금살금 접근해서 단숨에 목을 꺾어 버렸다.

'혼트롤의 주 먹이가 다크오크였던 모양이네.'

생각해 보니 다크오크들이 무리를 합친 것도 그렇고 부락의 지하에 있던 복잡한 땅굴들도 이놈들이 주기적으로 사냥을 나왔을 때 도망을 치기 위해서 건설한 것이 아닐까 싶었다.

혼트롤의 서식지와 다크오크 부락의 거리가 말로 반나절이라는 점도 그것을 증명했다.

그렇게 유인하는 과정에서 가온 일행은 혼트롤의 전격 능력을 확인할 수 있었다. 계속 3마리면 놈들이 의심할까 싶어서 두 배에 달하는 오크 언데드를 꺼냈더니 행여 놓칠까 두려웠는지 놈들이 전격 능력을 사용한 것이다.

츠츠즈.

염소의 그것처럼 구부러진 검은색 뿔이 방전하는가 싶더니 이내 시퍼런 전광이 오크를 향해 날아갔고 전격에 감전된 오크가 그 자리에서 쓰러지더니 경련을 일으켰다. 아마 살아 있는 오크였다면 전격에 즉사했을 것이다.

그런 식으로 유인한 결과, 놈들이 발목까지 물이 채워진 신성진 안으로 들어가서 중앙의 드러난 땅 위에 널려 있는 오크 사체를 향해 달려드는 순간 가온이 은신한 상태로 마지막 성물을 고정시킬 코어 부근에 착륙했다.

비행하고 있는 가온이 장착한 구조물에 고정되어 있던 아나샤가 품에서 마지막 성물을 꺼내자 가온이 염력을 이용해서 정해진 코어에 고정하는 것으로 드디어 신성진을 완성했다.

혼트롤들은 홀리피어진이 가동하자 바로 이상을 감지하고 살기가 가득한 눈으로 주위를 돌아보았지만 별다른 것은 발견하지 못했다.

홀리피어진은 대상이 혼트롤이라서 그런지 공포나 환각, 환청과 같은 효과는 크게 발휘하지 못했지만 대신 놈들의 감각을 어느 정도 무디게 하는 효과를 발휘했다.

진이 발동하면서 뭔가 이상하다고 느끼긴 했지만 먹이에 정신이 팔린 놈들은 매복한 공략대원들을 감지하지 못했다. 놈들의 뛰어난 감각을 고려해서 선발된 공략대는 멀리 떨어진 곳에 잠복하고 있었다.

별다른 것이 보이지 않자 혼트롤 4마리는 제대로 성찬을 즐기기 시작했다. 아까와 달리 아예 자리를 잡고 앉아서 금방 죽은 오크 사체를 찢어먹기 시작한 것이다.

그때 아나샤가 입을 벙긋거리자 홀리피어진 안에 고여 있던 물이 빠르게 안개로 변하기 시작했다. 홀리포그였다.

홀리피어진에 홀리포그까지 곁들여지자 혼트롤의 감각은 더욱 약화되었지만 놈들은 오크를 먹느라 정신이 없었다. 혼자가 아니라 여럿이 나눠 먹는 것이기에 조금이라도 더 먹기 위해서 욕심을 부리는 것이다.

홀리포그가 피어난 순간부터 혼트롤들의 먹는 속도가 빨라지더니 놈들을 처리하기로 한 공략대원들이 진에 접근했을 때는 거의 모든 오크들이 놈들의 배 속으로 사라졌다.

"반원을 그리며 포진해!"

이곳을 맡아서 지휘하기로 한 바토르 오천인장이 명령을 내렸다.

신성진의 절반을 비워 두는 것은 이유가 있었다. 초반에는 투사 무기를 사용할 것이기 때문에 행여 동료에게 날아갈 위험이 있었기 때문이다.

가온은 거기까지만 본 후 다시 날아올랐다. 다른 혼트롤들을 유인해야만 했다.

'혹시 몰라서 시르네아를 포함한 엘프족 대전사장 세 명을 예비대로 배치했으니 괜찮겠지.'

아무리 혼트롤이 다크오우거에 비견되는 변종 몬스터라지만 공략팀에는 소드마스터만 무려 다섯 명이 포함되어 있으니 걱정하지 않아도 될 것이다.

유인 작전은 성공이었다. 생각보다 엔릴 등 엘프 사령술사들이 연성 중인 오크 언데드들이 크게 활약을 한 것이다. 혼트롤들은 전혀 의심을 하지 않고 놈들을 잡아먹으려다가 신성진 함정에 빠졌다.

꽝! 꽝!

세 번째 신성진 안에 혼트롤 4마리를 집어넣고 신성진을 발동시킨 직후 폭음이 들려왔다.

'투사체 공격이 끝나고 본격적으로 붙었네.'

폭발음은 오러체 간의 충돌로 발생한 것이다. 혼트롤들은 오러네일을 능숙하게 사용할 수 있기 때문에 당연히 투사체 공격으로는 죽일 수 없었다.

'그래도 홀리피어진과 홀리포그으로 인해 혼트롤의 능력이 1할 정도는 깎일 테니 걱정할 필요는 없겠어.'

이제 남은 혼트롤은 열 마리로 자신이 혼자 감당해야 할 숫자였다.

가온은 아냐샤와 엔릴을 포함한 세 명의 사령술사들이 고정된 구조물을 몸에서 떼어 냈다.

"다들 수고했어! 이제 안전한 곳으로 가서 쉬도록 해. 이건 보상."

가온은 사령술사들에게 비약을 한 병씩 나눠 주었다. 그건 이번에 엘프족 전사들을 소환했을 때 시르네아가 가지고 온 것으로 약제술을 연구하기로 한 엘프족과 모라이족 연구팀이 만들었는데, '골드비의 눈물'이라는 이름이 붙었다.

수많은 실험을 거쳐 완성된 비약은 골드비 꿀과 로열젤리 그리고 세계수의 수액을 최적의 배합비로 혼합해서 만든 비약으로 몸과 정신 상태를 최적으로 회복시켜 주는 것은 물론 치료 효과와 더불어 마나를 100이나 증가시켜 주는 효과를 가지고 있었다.

"온 랑, 나머지는 어떻게 하시려고요?"

"그때 말했듯 내가 따로 처리할 생각이야."

"그게 정말 가능해요?"

"가능하니까 이런 작전을 짰지."

가온은 근심이 가득한 아나샤의 태도를 보고 짐짓 자신감을 드러내며 미소를 지었다.

"제 도움은 필요 없어요?"

"아나샤가 곁에 있으면 당연히 힘도 나겠지만 한편으로는 걱정이 되어 제대로 싸울 수 없을 것 같아."

"알겠어요. 부디 조심해요. 온 랑이 제게 어떤 의미인지 잘 알죠?"

"알지. 내게 있어 당신 또한 그런 존재니까. 조심할게."

아나샤는 가온이 그렇게까지 말하자 할 수 없다는 얼굴로 엔릴 등 사령술사들과 함께 움직였다.

가온이 무음보를 사용해서 혼트롤의 서식지인 숲과 가까운 곳에 도착했다.

"거대화!"

스킬을 발동하자 두 개의 선택지가 홀로그램으로 떴다.

'당연히 거원(巨猿)이지.'

다른 하나의 선택지는 당연히 거조(巨鳥)였다.

거원을 선택하자 몸이 커지는 익숙한 감각을 느낄 수 있었고 가장 먼저 시야가 달라졌다. 서식지인 숲 중심부에서 연속해서 터지는 폭음을 듣고 달려오는 혼트롤 10마리가 보였다.

크워어어!

키가 무려 12미터에 이르는 거인으로 변한 가온이 하늘에서 뚝 떨어진 것처럼 나타나자 혼트롤들은 바로 관심을 보였다. 물론 그 반응은 적의와 살기로 가득한 피어였다. 혼트롤은 영역에 굉장히 집착하는 몬스터였다.

'파르, 대도(大刀)로 변환해!'

외피 형태로 있었던 파르가 의념에 화답해서 길이만 5미터가 넘는 거대한 도로 변했다. 한두 마리면 몰라도 10마리를 처치해야 하니 날붙이는 필수적이다.

크라라랏!

혼트롤들은 자신들보다 더 큰 거인을 보고 겁을 먹기는커녕 오히려 투기가 자극되었는지 가온을 향해 초저주파가 섞인 피어를 내지르며 달려왔다.

'이깟 초저주파 정도야!'

가온은 가볍게 마나를 방출해서 근육을 경직시키고 신경활동을 중지시키는 초저주파를 흩어 버리고 혼트롤들을 향해 내달렸다.

순식간에 가까워지는 거인과 혼트롤 중 먼저 움직인 것은 선두의 혼트롤이었다.

츠즈즈즈.

속도는 늦추었지만 지금도 달리고 있음에도 놈의 검은 뿔에서 방전된 시퍼런 전격은 가온을 향해 순식간에 날아왔다.

 그게 끝이 아니었다. 다른 9마리 역시 가온을 향해 전격을 날렸고 가온의 몸은 이전보다 더 큰 전격의 구에 휩싸였다.

나가족

전격 공격이 먹히자 혼트롤들은 속도를 늦추었다. 경험을 통해서 자신들과 필적하는 능력을 가진 다크오우거라도 일단 전격에 당하면 즉사하지는 않아도 한동안 몸을 제대로 움직일 수 없다는 사실을 잘 알고 있었다.

그래도 의심이 많은 혼트롤들은 두 번이나 더 전격을 방출해서 가온을 감전시켰다. 타고난 사냥꾼인 만큼 생소한 거인을 상대로 최선을 다한 것이다.

결국 가온의 몸 주위에 도착한 혼트롤들은 두 겹으로 포위만 한 상태로 가만히 있었다. 워낙 거구였기에 앞줄은 4마리였고 두 번째 열은 6마리였는데, 지금 공격을 했다가는 자신들이 오히려 전격에 당할 수도 있었다.

전격이 얼마나 강했는지 한참 후에야 가온의 몸을 감싸고 있던 시퍼런 뇌전구가 발하는 빛이 흐릿해지기 시작했다.

이곳에서 오랫동안 살아온 혼트롤들은 거대한 인간은 처음 봤고 당연히 그 맛이 궁금했다.

마침 사냥할 때가 되어 배가 무척 고픈 상태였기에 곧 새카맣게 타서 제대로 움직이지도 못하는 상대를 찢어 나눠 먹을 생각을 하며 침을 질질 흘렸다.

마침내 뇌전이 사라지고 상대가 드러난 순간 혼트롤들의 눈이 튀어나올 듯 커졌다.

무지막지한 전격 공격을 받은 상대의 모습이 처음 그대로였기 때문이다.

혼트롤들은 가온이 뿔에서 방전하는 전격을 본 순간 마누에게 의념을 보내는 동시에 뇌전신공을 연공하기 시작했다는 사실을 알 수가 없었다.

그뿐만이 아니었다. 상대의 긴 팔이 움직이고 검에서 초승달 모양의 뭔가가 날아온다 싶더니 앞줄의 혼트롤 4마리의 목에 가는 선이 생겼다.

크랏!

늦게 도착하는 바람에 할 수 없이 뒷줄에 서 있던 혼트롤들은 바로 앞에 있던 동족들의 머리통이 목에서 이탈해서 쓰러지는 모습을 보고 깜짝 놀라 경호성을 지르며 본능적으로 뒤로 물러났다.

"홀리아이스!"

전격이 몸이 닿기 직전에 뇌전신공을 펼쳐 맹렬하게 운공한 가온은 아무런 피해도 입지 않았다. 아니, 도움이 되었다.

'적어도 3분의 1은 흡수했어!'

다른 에너지와 달리 쉽게 늘릴 수 없는 뇌전력이 이번 기회를 통해 엄청나게 늘어났을 것이다. 마누와 나누어 흡수했음에도 말이다.

전격을 거의 다 흡수한 순간 가온은 파르에 신성력을 주입해서 초승달 모양의 검기를 생성한 후 검의 궤적을 따라 날아가는 신월비 초식을 펼쳤다.

파르의 강도와 예기 그리고 속도만으로도 능히 혼트롤의 생체 보호막은 물론 목을 잘라 낼 수 있었지만 생각하는 바가 있어서 신월비를 펼친 것이다.

차례로 목에서 떨어지는 혼트롤의 머리통을 본 순간 가온은 홀리아이스 마법을 펼쳤고 몸통은 물론 머리통들까지 순식간에 얼어붙었다. 그냥 놔두면 몸통이 머리통을 찾아서 다시 붙일 수도 있었다.

'혼트롤의 재생력 발동은 이렇게 막았고.'

이번에는 새하얀 검사를 생성시킨 파르가 10미터는 떨어져 있는 혼트롤들이 포함된 공간 전체를 빠르게 베어 버렸다.

뒷줄의 혼트롤들이 전열에 있던 동족들의 머리통이 바닥으로 떨어지는 모습을 보고 순간적으로 공황에 빠진 극히 짧은 기회를 이용해서 펼친 월사검이었다.

투투두두두두둑!

순간적으로 혼란에 빠지긴 했지만 상대와의 거리가 있어 방심했던 결과는 혼트롤들에게 있어서는 참혹했다. 미처 상황을 제대로 파악하기도 전에 머리통을 잃고 말았다.

또다시 펼쳐지는 홀리아이스 마법은 떨어진 머리통과 몸통들을 순식간에 얼려 버렸고 그것으로 전투는 끝이었다.

지금도 소드마스터들을 포함한 공략대원들과 대등하게 싸우고 있는 혼트롤의 가공할 능력을 고려하면 너무나 허망한 결과였다.

가온은 곧바로 파워드레인 스킬을 펼쳐 신성력에 얼어붙은 몸통과 머리통에서 흘러나오는 에너지를 흡수한 후 잠시 고민을 하다가 놈들의 사체를 아공간에 챙겼다.

잠시 놈들을 언데드로 만들까 하고 고민을 했지만 지금 그의 사령술은 스켈레톤과 구울을 제작하는 수준이라 사체의 등급이 아깝기도 하고 지금까지 혼트롤들을 상대하는 공략대가 걱정되어서 포기했다.

'언데드 제작은 시간이 있으니 천천히 생각해 보자.'

공략팀은 다행하게도 가온이 거대화 스킬을 해제하고 달려가는 동안 차례로 세 곳의 혼트롤들이 사냥하는 데 성공했다.

"정말 다행입니다. 아나샤 님이 펼친 신성진의 효과로 놈들의 감각이 약화되지 않았다면 전격 공격으로 인해서 피해가 좀 발생했을 것 같았어요."

낭창낭창 휘어지는 검에 묻은 혼트롤의 푸른 피를 털어 내고 검집에 수납한 시르네아가 감전되었다가 겨우 정신을 차리고 있는 대원들을 돌아보며 말했다.

홀리피어진은 본래 내부에서 외부로의 공격은 어느 정도 막을 수 있었지만 그럼에도 불구하고 전격 공격에 당한 대원들이 좀 나온 모양이다.

공략대가 죽인 혼트롤들은 그야말로 사지가 잘리고 머리통이 난자된 상태였다.

'이래서는 갓상점에 넘길 수가 없겠네.'

자신이 사냥한 놈들과 비교하면 이건 쓰레기나 다름없었다.

"한 놈은 머리통을 통째로 베어 냈는데 마치 별도의 생물처럼 스스로 몸통을 향해 통통 튀며 움직이더라고요. 머리통이나 심장 중 하나는 완전히 파괴해야 죽일 수 있었어요."

시르네아 정도만 멀쩡할 뿐 함께 혼트롤을 상대한 것으로 보이는 본부대원과 오백인장 이상은 모두 가쁜 숨을 헐떡이며 극도로 지친 모습이었다.

일부는 내상이 심해 보였는데 혼트롤의 공격을 정면으로 받아 낸 경우일 것이다.

그래도 심각한 외상을 입은 대원은 없었다. 다들 그 정도의 능력은 있었던 것이다.

"다들 고생했소. 보상은 나중에 받겠지만 지금은 이것으로 작게 보상하도록 하지."

가온은 공략에 참여한 대원들에게 골드비의 눈물을 한 병씩 나눠 주었다.

"감사해요, 대장님!"

가장 큰 활약을 한 본부대의 시르네아가 기쁜 목소리로 감사를 표하며 받자마자 그 자리에 마시는 모습을 본 대원들이 호기심 가득한 얼굴로 비약을 마셨다.

"오오옷!"

"단숨에 피로감이 사라졌을 뿐 아니라 마나가 원래대로 차올랐어!"

대원들은 방금 전까지 내상과 외상으로 고통스러워하다가 골드비의 눈물을 마신 후 멀쩡한 얼굴로 자리에서 벌떡 일어났다. 이렇게 즉각적인 치료 효과를 가진 약은 처음 접한 것이다.

"마나, 마나가 증가했어!"

내외상을 입지 않았던 대원들은 비약을 마신 것만으로 피로가 말끔히 사라졌음은 물론 마나가 증가했다는 사실에 환호성을 질렀다.

그렇게 세 곳을 돌면서 부상을 입은 대원들을 챙긴 가온은 한 명의 사망자도 나오지 않았음에 만족했다.

'생각보다 전력이 막강해!'

이 정도면 보스를 죽이는 것 외에 던전 클리어의 또 다른 조건을 충분히 달성할 수 있을 것 같았다.

이후 나흘 동안은 순조로운 이동이 가능했다. 작고 민첩한 초식동물들을 제외하면 마수나 몬스터는 찾아볼 수 없었다. 혼트롤의 영역은 그 정도로 넓었다.

그런데 저습지를 앞둔 날 밤, 가온은 이상한 꿈을 꾸었다.

'이곳은?'

분명히 지금은 꿈을 꾸고 있다는 것을 인지하고 있는 가온은 자신이 이상한 장소에 와 있다는 사실을 깨달았다.

'설마 예지몽인가?'

첫 예지몽과 달리 길고 긴 예지몽을 꾼 것이 얼마 전이기에 이상했다.

늘 그렇듯 가온은 저녁 수련을 마친 후 아레오에 이어 아나샤와 뜨거운 사랑을 나눈 후 두 사람을 안고 잠을 청했다. 그런데 문득 정신을 차려 보니 무덥고 축축한 동굴 속이었다.

주위를 돌아보던 가온은 정면에 있는 작은 석재 탁자를 빼고는 아무것도 없다는 사실을 인지하고 막 돌아서 이곳을 나가려고 했다.

그때 석재 탁자 위에 놓인 향로와 같은 자기에서 홀연히 연기가 피어오르기 시작했다.

잠시 더 지켜보기로 한 가온의 앞이 온통 연기로 뒤덮였다. 그런데 신기한 것은 그 연기가 마치 가림막이나 커튼처럼 일종의 막을 형성한 채로 더 이상 움직이지 않는다는 점이었다.

'이건 뭐지?'

그런 생각을 할 때 연기로 만들어진 막 위에 한 영상이 떠올랐다.

'누구? 나가라자?'

막에 떠오른 영상의 주인은 분명히 인간의 외모임에도 불구하고 거대한 뱀 형상을 후광처럼 두르고 있었다.

그 모습에 가온은 즉각 나가 무리의 지도자인 나가라자를 떠올릴 수 있었다.

─이계를 건너온 귀인이여, 나는 나가의 신인 데롯이라고 한다.

가온은 따로 할 말이 없었다. 상대가 이미 자신의 정체를 알고 있었기 때문이다.

─그대에게 제안할 것이 있어 이렇게 꿈의 시간을 빌렸다.

'어떤 제안입니까?'

상대는 신격의 주인이니만큼 가온도 예의를 차려 물었다.

―곧 그대는 내가 각별하게 아끼는 아이들을 만날 것이다.

'저습지의 주인을 말하는 겁니까?'

내일이면 나가와 리자드맨이 서식하는 광대한 저습지에 도착한다. 아마 상대의 외형을 본다면 리자드맨이 아니라 나가의 신일 것이다.

―그렇다. 그대가 내 아이들을 좀 보살펴 주었으면 좋겠다.

'어떻게 말입니까?'

―내 아이들은 원래 살던 세계에서 떨어져 나온 이후 백에 아흔아홉은 죽임을 당했고, 나머지도 죽음의 위험에 직면한 상황이다. 그대가 그 아이들을 죽음의 위험에서 구해 다오.

어떻게 대답을 해야 할지 모르겠다. 이 세계에서 나가라는 존재는 오래전에는 파충류 인간으로 아인종으로 분류되기도 했지만, 지금은 지능이 뛰어난 몬스터로 인간을 공격하고 적대하는 존재였다.

그런 존재가 죽음의 위험에 빠져 있고 그들의 신이 구해 달라니 즉각 어떤 대답을 하기가 어려웠다.

―만약 그렇게만 해 준다면 그대에게 약소하지만 내가 가진 힘을 선물하겠다.

신의 힘이라면 신력(神力)이다. 설마 보상이 신력이려나?

'제게 신성력을 선물하시겠단 말입니까?'

―그렇다. 아주 오랜 세월 동안 나를 믿고 따라온 그 아이들이 위험에서 벗어날 수 있는 힘을 빌려주고 싶지만, 이곳은 내 힘이 미치기 힘든 곳이고 현재로서는 내 힘을 받아들일 적합한 아이도 없구나.

　나가의 신 역시 이곳이 본래 차원에서 떨어져 나온 던전이라는 사실을 제대로 인식하고 있었다.

　'그런데 제가 당신의 힘을 받을 수 있는 겁니까?'

　―그대는 이미 내 힘과 비슷한 힘을 받아들여서 사용하고 있지 않은가. 당연히 가능하다.

　나가의 신이 주는 힘에 흥미가 생겼다. 이미 아나샤를 매개로 전해 받는 우트신의 힘이 얼마나 강력한지 잘 알고 있는 가온이다.

　'나가들을 살려 주기만 하면 됩니까?'

　본래 세상으로 보내 달라는 건 불가능하다.

　―그들이 적어도 오랫동안 안전하고 풍요롭게 보냈으면 좋겠다. 그렇게 되면 나중에 다시 보상을 주겠다.

　방법이 없는 건 아니다. 엘프족과 모라이족이 그랬듯 계약을 통해서 생명의 아공간으로 이주시키기만 하면 되는 것이다.

　―거기에 하나만 추가하자면 내 아이 중 하나를 그대 곁에 두는 조건이다.

　능력이 있고 자신을 배신하지만 않는다면 곁에 두는 것이야 어렵지 않다.

'좋습니다. 그렇게 하지요.'

―고맙구나. 그럼 바로 내 선물을 전해 주지. 그리고 지금은 여러모로 형편이 좋지 않아서 내가 제대로 힘을 전해 주기 힘들지만 언젠가 내 힘이 제대로 미치는 곳에 온다면 제대로 보상을 해 주마.

그렇게 말한 나가의 신은 나타날 때 그랬듯 홀연히 사라졌고 얼마 후 안개 역시 사라져 버렸다.

"헙!"

경호성과 함께 눈을 뜬 가온은 자신이 꿈을 꾸었다는 사실을 다시 한번 자각했다.

뜨거운 사랑을 나눈 두 여인의 부드러운 알몸을 통해 전해지는 온기와 독특한 두 여인의 체향 그리고 어깨에 느껴지는 숨결이 그를 현실로 이끌었다.

'꿈이었지.'

대체 왜 꿈에 나가의 여신이 나타나서 그런 부탁을 한 걸까?

'정말 나가족이 위험에 처해 있는 걸까?'

그럴 가능성이 컸지만 개꿈일 가능성도 있었다.

'선물을 준다고 했어.'

후불도 아니고 선불이다.

가온은 혹시 하는 생각에 상태창을 확인했다.

'호오! 꽤 많이 올랐네.'

흑마력의 증가 폭이 두드러졌다. 지난번에 확인했을 때는 17만을 약간 넘었는데 지금은 무려 30만이 넘었으니 말이다.

거기에 혼트롤의 뇌전을 흡수해서 그런지 뇌전력 역시 5만 정도가 증가했다.

하지만 눈에 띄는 확실한 변화가 있었다.

'신성력이 30만이나 늘었어!'

이전에 확인했던 신성력 수치는 100만을 넘겼지만 거의 전적으로 아나샤를 통해서만 사용할 수 있는 양이다. 게다가 하루만 사용할 수 있다는 제한도 있고.

그에 반해 이번에 늘어난 신성력은 영구적으로 증가한 것이니 차이가 클 수밖에 없었다.

변화는 그에 그치지 않았다.

'영력이 뭐지?'

무려 3만에 달하는 수치를 기록하고 있는 영력이라는 항목이 생성되어 있었다. 영력이라는 단어를 클릭해 봐도 특별한 설명은 나오지 않았다.

'영력이라면 영혼의 힘이라는 건가?'

일단 그렇게 추측할 수밖에 없었는데 어디에 쓰이는지는

알 수가 없었다.

할 수 없이 벼리에게 영력의 쓰임에 대해 알아봐 줄 것을 부탁했다.

아무튼 신성력을 무려 30만이나 선물한 나가 신의 부탁을 들어주기로 했으니 약속은 지킬 생각이다.

'적대만 하지 마라.'

상대방이 대화할 여유도 없이 공격을 해 온다면 약속을 지킬 수가 없다. 가온은 부디 나가 무리가 무조건 공격하지 않기를 바라며 다시 눈을 감았다.

나가족 퀸인 예하는 소스라치게 놀라며 잠에서 깨어났다.

"신탁이야!"

그녀는 꿈에서 나가 신을 만났고 신의 말씀을 영접한 것이다.

고개를 돌려 제단을 보니 일족에게 유일하게 남은 성물이 찬란하게 내뿜었던 빛을 잃고 동그란 돌멩이로 변해 있었다. 그 옆에는 비슷한 돌멩이들이 꽤 많이 쌓여 있었다.

'드디어 신께서 우리의 기도에 화답해 주신 거야.'

성물이 가치를 잃은 것이 그 증거였다. 그녀가 믿는 신은 성물에 갈음하는 신성력을 가진 존재가 곧 찾아올 거라고 말씀하셨다.

'좀 더 빨리 화답해 주셨으면 좋았을 텐데…….'

너무 안타깝고 슬펐다.

원래 살던 세상에서 격리된 이후 나가족의 사정은 번성했던 그 전과 비교하면 멸망이라는 단어에 어울릴 정도로 급속하게 악화되었다.

'영광의 나가일족이 이렇게 피식자가 되는 날이 올 줄은 몰랐지.'

예하의 일족은 다른 나가와는 달랐다. 드래곤의 가디언이었으며 나가 신의 가호를 받기 때문에 몸집도 크고 성장도 빨랐으며 능력도 뛰어났던 것이다.

뛰어난 주술사들은 물론이고 흡수한 천지의 기운으로 선명한 검을 만들어 내는 용사들도 많아서 트롤이나 오우거 들까지 압도했었다.

'하지만 그것도 옛날에 불과해.'

마기가 농후해지면서 오크와 트롤 그리고 오우거는 각각 다크오크, 혼트롤, 다크오우거로 변이했고 변이 결과 놀랍도록 높아진 전투력을 바탕으로 나가족을 사냥하기 시작했다.

광대한 크기의 호수와 저습지에서 번영을 구가할 때는 100만을 헤아리던 일족의 숫자도 이제 겨우 1만에 불과했고, 신을 놀라게 할 정도로 강하고 용맹한 전사들은 물론 신력에 가까운 경이적인 주술 능력을 보여 주던 주술사들도 자신들을 노리는 적들과 싸우다가 죽어 갔다.

오죽하면 겨우 두 번의 진화를 통해 8현신을 겨우 이룬 자신이 퀸의 자리에 오르게 되었을까. 본래 나가족의 퀸이나 킹은 최소한 9현신이 기본으로, 3차 진화를 해야만 오를 수 있는 직위였다.

제대로 된 주술사도 몇 명 되지 않아서 자신이 전사와 주술사를 겸하고 있는 실정이다.

그렇게 나가족이 쇠락한 것은 살고 있던 공간이 세상과 격리된 것과, 격리된 공간의 새 주인이 된 마족 때문이었다.

마족은 오래전 나가족을 가디언으로 부리던 골드드래곤의 레어에 자리를 잡고 마기를 방출하기 시작했는데, 그 마기로 인해서 마수와 몬스터는 몸이 커지고 능력이 강화되었으며 포악해졌다.

거기에 변종들까지 출현하자 그 많았던 초식동물들은 거의 사라져 버리고 이제까지 호수와 저습지에 한해서는 천적이 없었던 나가족이 마수와 몬스터 들의 먹잇감으로 전락하고 말았다.

격리된 공간에 서식하는 다른 존재들과 달리 나가족은 따로 모시는 신이 있기 때문에 전혀 변이가 되지 않았고 대신 마기의 영향으로 영혼과 육체가 약해졌다.

사정이 더 안 좋아진 것은 살던 공간이 격리되면서 나가신과의 소통도 끊겨 버린 것도 큰 이유로 작용했다. 신탁의 형식을 빌려 나가 신이 주는 힘을 더 이상 사용할 수 없었던 것이다.

그렇게 멸종 직전까지 몰린 나가족에게 드디어 기회가 왔다. 그렇게 기다렸던 신의 신탁이 내린 것이다.

'우리를 평화와 번영의 땅으로 인도할 선지자는 바깥에서 들어온 특별한 존재라고 하셨어. 그렇다면 예전에 몇 번 들어왔던 인간들일까?'

그건 알 수 없다. 인간이 나가 신의 힘을 사용하는 건 구전되어 온 일족의 이야기에도 없었으니 말이다.

'신께서 진화를 거듭한 그 존재의 보호를 받는 것이 일족이 오래도록 번영을 누릴 수 있는 가장 빠른 길이라고 했으니 인간이 맞겠지.'

나가족의 최종 진화형이 바로 인간이며 나가족이 인간과 결합한 경우는 극히 드물지만 전혀 없었던 일은 아니다.

자신과 같은 나가라자, 즉 진화를 통해 인간과 동일한 형상으로 살 수 있게 된 나가의 지도자 중 몇 명은 인간과 정을 나누고 심지어 후손까지 얻은 경우는 종종 있었고, 그 애절한 사랑 얘기는 아직도 음악을 통해 전해진다.

'그럼 그분들도 신탁을 받은 걸까?'

그건 알 수 없는 일이지만 현재 살아남은 나가족의 운명이 자신에게 달려 있다고 생각하니 예하는 막중한 책임감에 어깨가 너무 무거웠다.

'일단 나가라자 회의부터 소집해서 신탁의 내용을 알리자.'

예하는 만약 지금 나가족이 당면하고 있는 위험에서 구해줄 수 있는 존재가 있다면 그 어떤 조건이라도 들어줄 수 있다. 그가 설사 인간이 아니라 극도로 혐오하는 리자드맨이라고 해도 말이다.

가온이 꿈에서 나가의 신을 만난 다음 날, 공략대는 예정대로 저습지로 향하고 있었다. 가온의 뒤에 앉아 있던 아레오가 지도를 보다가 물었다.

"온 랑, 이번에는 저습지인가요?"

"응. 호수들과 저습지들이 연결되어 있는데 크기가 엄청나. 그리고 공중 정찰에서 확인했던 나가와 리자드맨이 서식하는 곳이지."

"그때 설명할 때는 나가만 언급했던 것 같은데……."

아레오의 뒤에 앉아 있는 아나샤가 고개를 갸웃했다.

"리자드맨이 나가의 명령을 받는 것 같더라고."

공중 정찰을 할 때 나가가 리자드맨을 부리는 모습을 분명히 확인했다.

"그럼 리자드맨까지 합치면 얼마나 되죠?"

"전사 계급은 대략 5천 정도 되는 것 같은데."

"리자드맨이 포함되었다면 절대로 무시할 수 없어요."

맞는 말이다. 리자드맨은 근력은 물론이고 꽤 민첩해서 오크와 비슷한 전투력을 가지고 있으니 말이다.

하지만 걱정할 일은 아니다. 고공에서 정찰했기 때문에 확실치는 않았지만, 설사 리자드맨 전사들이 더 있다고 해도 큰 문제는 아니다. 던전 내의 다른 마수와 몬스터에 비하면 가장 약한 놈들이었다.

"이번에는 어떻게 할 생각이에요?"

아레오의 옆에서 말을 몰고 가던 시르네아가 물었다.

"나가는 독침을 화살처럼 빠르게 멀리까지 뱉는 능력과 물의 흐름을 제어하는 능력, 그리고 일부의 경우 변신 능력을 가지고 있는 것이 전부야. 리자드맨의 경우 습지나 물속에서 빠르게 이동하는 능력과 창술이 전부지."

"그럼 그대로 밀어붙이려고요?"

"그래도 된다고 생각해."

가온은 나가 무리가 1만 6천이 넘는 대군을 막아설 것이라고는 보지 않았다. 나가는 리자드맨은 물론 오크보다 훨씬 더 지능이 높아서 일부의 경우 마법을 사용할 수 있기 때문에 세의 유불리(有不利)를 충분히 파악할 지적 능력이 있었다.

'그래도 일단 대화는 해 봐야겠지.'

그래야 꿈에서 본 나가의 신과 했던 약속을 지킬 수 있었다.

설사 놈들이 영역을 침범했다는 이유로 불문곡직 공격을 한다고 해도 공략대의 전력으로는 별 피해 없이 물리칠 수 있다고 확신했다.

공략대는 최소한 나가의 독침을 피하거나 쳐 낼 수 있는 검광 숙련자들로 구성되어 있었다.

가온과 두 여인이 타고 있는 마구랏과 가까이에서 뒤따르던 본부대 수뇌부는 오만하게 느껴지는 그의 말을 듣고 고개를 끄덕였다. 나가는 물론 리자드맨 정도는 그들에게 위험한 존재가 전혀 아니었다.

하지만 마침내 저습지에 도착한 그들은 생각을 달리해야만 했다. 수는 정찰했던 것과 얼추 비슷했지만 전력은 전혀 달라 보였다.

'뭐가 저렇게 커?'

일렬횡대로 늘어선 나가들의 몸집은 그들이 아는 나가의 그것과는 달랐다. 햇살에 빛나는 큰 비늘로 이루어진 뱀의 하반신으로 똬리를 튼, 전형적인 나가만 해도 키가 무려 5미터에 육박한 것이다.

그런 거구의 나가 전사들은 푸른 빛이 감도는 창을 들고 있었는데 풍기는 분위기나 발산하는 투기로 보아 예상보다 강해 보였다.

'인간형도 있네.'

셋 중 하나는 인간의 형상을 하고 있었는데 목 뒤에 뱀 형상의 후광을 두르고 있었다. 그리고 후광의 뱀 숫자나 몸집의 크기도 각각 달랐다.

그중에는 나가의 우두머리인 나가라자들도 보였는데 키가 7미터가 넘는 거인의 형상을 하고 있었다. 놈들이 나가라자라는 사실은 다섯 개, 혹은 일곱 개의 뱀 형상을 하고 있는 후광을 두르고 있었기 때문이었다.

더구나 나가의 뒤쪽으로는 삼지창을 쥐고 있는 근육질의 리자드맨 전사들이 투기를 발산하며 세 줄로 도열하고 있었다.

'쉽게 볼 상대가 아니네.'

얼핏 본 것으로도 수가 대략 4천에 육박했고 실력도 범상치 않아 보였다. 나가 무리가 1,500, 리자드맨이 2,500 정도였는데, 확실치는 않아도 검기를 사용할 수 있는 강자만 해도 거의 1천은 되는 것 같았다.

상대가 뭍으로 나온다면 그래도 피해가 적겠지만 계속 습지를 막아선다면 결국 공격을 감행해야 하고 그렇게 되면 물리칠 수는 있겠지만 상당한 피해를 감수해야 할 것 같았다.

가온은 저습지를 100보 정도 앞둔 지점에서 멈추었다. 두렵거나 걱정이 되어서가 아니었다. 다행이라는 생각이 들었다.

'바로 공격을 하지 않는 것을 보면 나가 신이 미리 손을 쓴

건가?'

나가 무리의 앞에는 총 8마리의 뱀 후광을 부채꼴로 두르고 있는 여성형 나가라자가 있었는데, 달리아트족 여전사와 비슷한 체구에 검을 쥐고 있기는 했지만 살기나 투기는 느껴지지 않았다.

'나가라자 중에서도 3차 진화를 한 보스가 있었네. 퀸이라고 해야 하나?'

아레오에게 들은 바로는 나가족은 보통 3차에 걸쳐서 진화를 한다고 했다.

1차 진화를 끝내면 뱀의 하체 대신 두 다리를 가질 수 있게 되지만 비늘이 붙어 있어서 뭍에서 오래 활동할 수 없다.

2차 진화를 하면 다리의 비늘이 사라지고 뱀 형상의 후광을 두르게 되는데, 빠져나온 날카로운 송곳니나 세로 동공은 여전히 남는다.

뱀 형상의 후광을 셋 이상 두른 나가를 나가라자라고 부르며 특별한 능력을 가지게 된다.

마지막으로 3차 진화를 하면 외형적으로 완벽한 인간형으로 변하며 일곱 개 이상의 후광을 두르게 되는데, 후광은 의지로 숨길 수 있다. 다만 투기를 일으키면 뱀 형상의 후광이 나타난다고 했다.

나가라자 퀸은 3차에 걸쳐 진화한 개체였다. 몸집이 제각각인 거인형의 다른 나가라자들과 달리 완벽한 인간 여자의 모습이었다.

　말에서 내린 가온은 무심한 얼굴로, 그리고 조금의 망설임
도 없이 나가라자 퀸을 향해 걸어갔다.

　그런 그의 곁에 아레오와 아나샤 그리고 시르네아를 비롯
한 본부대의 몇 명이 조용히 뒤따랐고. 나머지는 언제라도
화살을 쏠 것처럼 시위에 화살을 걸고 상황을 지켜봤다.

　가온 일행이 저습지와 가까워지자 상대의 모습이 더욱 또
렷하게 보였다.

　가온은 가장 앞에 나와 있는 나가라자 퀸을 보고 내심 크
게 놀랐다.

　'미모나 몸매는 엘프 저리 가라 할 정도네.'

　나가라자 퀸은 20대 초반으로 보이는 미인으로 기묘하게
도 아레오와 분위기가 비슷했다.

　중년의 무르익은 성숙미와 10대의 풋풋한 여성미를 동시
에 발산하고 있었는데, 무엇보다 눈빛이 촉촉하고 색감이 강
해서 뇌쇄적인 분위기를 가지고 있었다.

　복장은 진화할 때 벗은 허물로 지은 옷으로 몸에 딱 달라
붙어서 몸매를 더욱 도드라지게 만들었다.

　다른 나가라자들은 키가 제각각이거나 세로 동공이 남아

있었고 뱀 형상의 후광이 넷에서 여섯까지 두르고 있었는데, 가온은 방출한 마나 파장을 통해서 그들이 최소 골드 상급의 실력을 가지고 있다는 사실을 알 수 있었다.

'그나저나 대원들이 좋은 구경을 하는군.'

퀸과 달리 여성 나가라자들은 가온 일행 중 남자들의 시선을 확 끌었다. 아래쪽은 벗은 허물로 지은 치마를 둘렀지만 상체는 그대로 노출해서 팽팽한 유방을 그대로 드러낸 것이다.

무엇보다 햇빛을 많이 보지 않았는지 백옥처럼 하얗고 매끈한 피부로 인해 여성미를 증폭시켰다.

하지만 그렇다고 해도 상대에게 색욕을 느끼는 이는 없었다.

인간과 차이가 전혀 없는 퀸과 달리 나가라자들은 상대의 수장이 망설임 없이 자신들을 향해 걸어오는 것을 보고 활짝 웃고 있었는데, 둥근 동공이 아니라 세로에 가까운 동공을 가진 찢어진 눈과 끝에 독액이 맺혀 있는 구부러진 독니가 그대로 드러나서, 상대가 파충류 인간이라는 사실을 잊지 않게 해 주었다.

하지만 가온에게 시선을 고정한 나가라자 퀸은 상대가 인간이라서 다행이라고 여기고 있었다.

신을 믿고 따르는 종에 불과한 자신은 상대가 오크나 리자드맨이라고 해도 신탁에 따를 수밖에 없는데, 생각보다 잘생기고 카리스마가 느껴지는 남자 인간이었기 때문이다.

'참으로 마음에 드는 인간이네. 그렇게 생각하지 않나?'

퀸이 나가라자들에게 보낸 의념이었다.

─전에 우리 영역을 지나갔던 인간들과는 다릅니다.

─가장 앞에 있는 인간은 아무런 기도도 느낄 수 없는 것을 보면 굉장한 실력자로 보여요.

─위험한 자들입니다! 지난번에 들어왔던 인간들이 혼트롤이 두려워서 영역을 크게 돌아갔던 것과 달리, 이곳으로 온 것을 보면 혼트롤의 영역을 지났을 것이고 호전적인 혼트롤을 생각하면 모두 잡아 죽였을 겁니다.

─…….

뱀 6마리의 후광을 두르고 있어 3차 진화를 앞두고 있는 열둘의 나가라자들이 의념으로 화답했다.

'어제 꿈을 통해 신께서 내린 신탁대로 저 인간이 우리의 염원을 들어줄지도 모르겠네. 일단 무기를 거둬!'

신탁에 대해서는 이미 나가라자들에게 얘기를 해 두었기 때문에 나가라자들도 호전적인 태도를 지양하고 있었지만, 혹시 몰라서 무기를 언제라도 휘두를 수 있도록 준비하고 있었다.

퀸의 명령에 나가라자들은 일제히 들고 있던 검이나 창을 거두었고, 수컷인 나가와 암컷인 나기니 그리고 뒷줄의 라지드맨들 역시 무기를 거두고 투기 발산을 멈추었다.

나가라자 퀸이 가온 일행을 맞이하듯 앞으로 걸어가자 나가라자 열둘이 그녀를 따랐다.

　양측은 저습지의 경계에서 만났다.

　"나는 온이라고 한다. 바깥세상에서 왔지."

　언어가 통할지는 알 수 없지만 일단 먼저 인사를 했는데 상대의 얼굴이 희색이 되었다.

　"인간이 우리말을 할 수 있는 줄은 몰랐네. 나는 나가라자 퀸, 예하라고 해. 만나서 반가워."

　'역시 언어가 통하네.'

　플레이어의 특전이든 나가의 신이 선물한 능력이든 어쨌거나 의사소통이 가능하다는 것은 확실했다.

　하지만 가온 일행은 눈만 끔뻑거렸다. 상대의 말을 전혀 알아들을 수 없었기 때문이다. 그런데 가온은 알아들은 것 같은 얼굴이니 이상할 수밖에 없었다.

　가온도 눈치로 이런 상황을 파악하고 있었지만 지금은 나가들과의 대화가 더 중요했다. 그래서 가온은 상대의 말에 더욱 집중했다.

　"우리 영역에 들어온 목적이 뭐지?"

　"우리는 마족을 죽이려고 한다. 순순히 길을 열어 주었으면 좋겠다."

　"몇 차례에 걸쳐서 너희와 같은 인간들이 들어왔지만 마족이 있는 언데드 필드에는 도달하지도 못하고 막대한 피해만 입고 도망쳤어. 보물을 찾으러 왔거나 사냥을 하러 왔으면 당장 돌아가.”

나가들은 이전에 들어왔던 제국 전사들의 목적을 제대로 알지 못하고 있었다. 그저 보물을 노리거나 사냥을 하러 들어왔다고 생각한 것이다.

“우리는 그들과 다르다! 반드시 마족을 죽일 것이다!”

강한 자신감이 깃든 가온의 말을 들은 예하는 물론이고 나가라자들이 순간 말을 잃었다. 설마 상대가 마족을 죽이겠다고 이곳에 들어왔을 줄은 몰랐던 것이다.

마족은 세상에서 격리된 이 작은 공간의 지배자로 자리를 잡았다. 격리된 세상에서는 누구도 마족을 상대할 수도 없고 그의 영역은 되살아난 존재들이 지키고 있어 누구도 들어갈 수 없었다.

“마족은 아무도 죽일 수 없다. 아니, 그 전에 되살아난 자들이 너희들을 막을 것이다!”

“과연 그럴까? 우리에게 정말 마족을 죽일 능력이 없을까? 한번 맞춰 봐.”

가온은 신성력을 전방을 향해 방출하며 나가들을 자신에게 조아리지 않는다면 모조리 죽여 버리겠다는 강렬한 살의(殺意)를 품었다.

화악.

순식간에 장내를 짓누르는 거대한 존재감은 나가라자들의

몸에 거대한 압력으로 작용해서 제대로 설 수 없게 만든 것은 물론 영혼까지 압박해서 후광처럼 두른 뱀의 머리를 조아리게 만들었다.

나가라자들은 전력을 기울여서 압력에 대항하려고 했지만 점점 더 강해지는 압력에 결국 하나둘 무릎을 꿇었고 퀸인 예하마저 두 다리가 후들거렸다.

'이건 단순한 압력이 아니야!'

육신은 물론 심혼을 짓누르는 강력한 압력 속에서는 굽히지 않으면 모조리 죽여 버릴 거라는 살의가 담겨 있었다.

예하는 이 상태가 지속된다면 자신이나 나가라자들은 몰라도 전사 상당수는 몸이 완전히 짓눌려 압사당할 거라는 위기감을 느끼고 두려운 눈으로 가온을 쳐다봤다.

나가들은 물론 리자드맨들의 공포에 질린 눈을 바라본 가온은 작게 고개를 끄덕였다.

'과연 효과가 있구나.'

최근 깨달은 것이 있어서 시험을 해 봤는데 통했다.

무협지에서는 이른바 '의형상인(意形傷人)'으로 표현하는 기예로 상대를 해할 의지를 품은 순간 기운이 자연스럽게 발동해서 상대를 직접 상하게 만드는 심검(心劍)의 일종이다.

물론 정확하게 그 경지에 이른 것은 아니다. 의지와 신성력을 동시에 발동했으니 말이다.

그래도 상대의 반응을 보아하니 살의 발산은 성공했다.

퀸을 비롯한 나가라자들은 경악한 얼굴로 부들부들 떨고 있었다. 조금이라도 움직이면 보이지 않는 칼날이 전신을 난도질할 것 같은 공포가 심혼을 가득 채웠다.

'이런 강자가 인간 중에 있다니!'

마족과 비슷한 스킬을 발휘하다니 경악스러웠다.

이런 압박은 처음이 아니다. 아주 어릴 때 마족에 맞서 싸운 선대 전사들을 따라 참전했던 현장에서도 한번 경험해 본 적이 있었고, 그때 10만이 훨씬 넘는 용맹한 선대 나가 전사들이 마족이 발산하는 기세에 공포에 질려 제대로 능력을 발휘하지 못했고, 결국 대부분이 참혹한 죽음을 맞이했었다.

'죽이겠다는 의지와 마나가 공간을 장악해서 만들어진 현상이야. 하지만 묘하게 익숙해!'

이전과의 차이는 압력의 실체가 되는 힘이 마기가 아니라 신성한 성질의 힘이라는 점이다. 그래서 마기를 품지 않은 나가들의 경우 공포 속에서도 정신을 잃지 않고 버틸 수 있었다.

'과연 신탁이 예지한 인물이 맞네!'

퀸에 이어 다른 나가라자들도 자신들을 압박하는 힘의 속성을 어느 정도 느끼기 시작했다. 심혼을 옥죄는 것은 마족의 그것과 마찬가지지만 반발보다는 자연스럽게 굴복하게 신성한 성질을 가진 힘이었다.

물론 이런 현상이 순수하게 가온의 의지만으로 만들어진

것은 아니다.

아나샤가 나가들이 아직 도착하기 전에 가온이 위치한 곳에 은밀하게 성물을 배치하는 것으로 소형 신성진을 설치해서 가온이 발산하는 신성력을 증폭시켰다는 사실은 두 사람을 제외하고는 아무도 짐작하지 못했다.

"……그만!"

나가라자 퀸의 비명과도 같은 요청에 장내를 짓누르던 거대한 압력이 순식간에 사라졌다.

"그대에게 그만한 능력이 있다는 것은 인정하겠다."

좋은 현상이다.

"그럼 길을 열어 줄 텐가?"

"대신 부탁이 있다."

가온은 퀸의 부탁이 뭔지 대충은 짐작했다. 그리고 어지간하면 들어줄 생각이다. 상대를 처리할 자신은 있지만 그 과정에서 안 입어도 될 피해가 발생하는 건 피하고 싶었다.

"말해 봐."

가온은 상대방의 말에서 자신에 대한 경외심과 함께 기대감과 호감을 느끼며 고개를 끄덕였다.

"우리 일족은 더 이상 이곳에서 살 수 없다. 우리를 밖으로 데리고 나가서 평화롭게 살 수 있는 곳을 찾아 줘."

"대가는?"

가온은 처음 보는 상대에게 이런 부탁을 하는 나가라자 퀸의 말에 전혀 당황하지 않았다. 이미 꿈에서 만난 나가 신을 통해 어느 정도 예상했기 때문이다.

"충성 혹은 복속. 원하는 대로 해 주지."

예하의 말에 공략대 수뇌부는 뜨악한 얼굴이었지만 나가라자들은 아무 이견도 없었다.

이 정도의 능력을 가진 강자라면 예하가 아니더라도 그렇게 부탁했을 정도로 지금 나가의 사정은 최악이었거니와 이른 아침에 퀸을 통해 알게 된 신탁의 주인공이 바로 앞에 있는 인간이라는 사실을 확신했기 때문이다.

"너희는 어떤 능력을 가지고 있지?"

뜻밖의 제안이지만 상대가 복속을 한다고 그냥 받아 줄수는 없다. 나가족에 대해서는 대충은 알고 있지만 이들이 탄 차원의 생물종이 아니기 때문에 자세히 알 필요가 있었다.

"우리는 태생적으로 강한 물 속성을 가지고 있어 물의 흐름을 조절할 수 있고, 물속에서 자유롭게 움직일 수 있을 뿐 아니라 진창이나 늪과 같은 환경에서도 빠르게 이동할 수 있다. 무기도 잘 다루지만 무엇보다 강력한 독을 가지고 있다."

그 점은 탄 차원의 나가와 비슷했다.

"1차 진화를 하면 인간형으로 변신할 수 있어 일정 시간은 뭍에서 지낼 수 있고, 물을 다루는 능력이 더욱 강해진다. 또한 독침을 화살처럼 사용할 수 있다."

그렇다면 나가 일족의 3분의 1은 1차 진화를 했다는 의미다.

"2차 진화를 하게 되면 아주 오랜 시간 동안 뭍에서 활동할 수 있고 다룰 수 있는 독도 다양해진다. 다양한 효과를 가진 독으로 눈에 보이지 않는 독무를 뿜어낼 수도 있고 보이지 않는 힘을 다룰 수 있게 된다."

보이지 않는 힘이란 마나를 말하는 것이니 2차 진화를 하면 최소한 검광이나 검기를 사용할 수 있다는 말이다.

"마지막으로 3차 진화를 한 내 경우에는 보이지 않는 힘을 보이도록 만들 수 있다."

예하는 잘 다듬은 긴 손톱 끝으로 방출한 마나를 뭉쳐서 단검 형태의 오러체를 만들었다. 오러네일이었다.

'호오! 소드마스터 중급은 되겠네.'

가온은 내심 놀랐다. 처음 봤을 때는 골드 상급 정도로 판단했는데, 오러네일을 구현하는 속도나 크기로 보아 시르네아 정도는 될 것 같았다.

그 증거로 시르네아의 고유 마나 파장이 격렬하게 흔들렸다. 강한 호승심을 느끼는 것이다.

하지만 가온은 아직 불만족스러웠다. 이왕 받아들일 거면 엘프족이나 모라이족처럼 자신에게 크게 도움이 되었으면 했다.

나가족의 사정

"다른 능력은 더 없나?"

처음 보는 상대에게 자신들의 능력을 전부 공개할 리 없다는 생각이 들었다.

'아무래도 정신 계열의 능력이 더 있는 것 같은데.'

무엇보다 눈빛이 흐릿한 리자드맨 전사들의 상태가 의심스러웠다. 이지를 잃은 것 같았기 때문이다.

가온의 질문에 나가라자 퀸은 약간 당혹스러운 얼굴이 되더니 이내 입을 열었다.

"음, 3차 진화를 마무리하면 변신과 순간 이동 능력을 쓸 수 있지만 지금 내 경지로는 하등한 존재의 정신을 제어할 수 있을 뿐이다."

"그럼 지금도 리자드맨들의 정신을 제어하고 있는 상태인가?"

3차 진화를 마무리한 후 얻게 되는 능력에 가온은 내심 깜짝 놀랐지만 지금 신경이 가는 것은 정신 지배 능력이다.

"······그것을 알아봤나?"

이번에는 예하를 비롯한 나가의 수뇌부가 놀랐다. 인간이 한눈에 그 사실을 알아차릴 줄은 전혀 상상도 못 한 것이다.

"어느 정도나 제어할 수 있나?"

"일단 정신 지배가 된 놈들은 내가 풀어 주기 전에는 얼마든 제어할 수 있다. 하지만 정신을 지배하기 위해서는 보이지 않는 힘이 많이 필요해서 함부로 사용할 수가 없다."

그건 믿을 수 없는 말이다. 어쨌거나 지금 상황만 보면 무려 2천 이상의 리자드맨의 정신을 지배하고 있으니 말이다.

"하나만 더 물어보지. 2차 진화를 한 나가가 사용할 수 있는 독무의 범위는 얼마나 되지?"

"나가라자마다 다른데 대전사장의 경우 우리 양측 전사들이 떨어진 거리만큼 독무로 채울 수 있다."

가온은 그 대답에 내심 경악했다. 양측의 거리는 대략 200미터에 폭은 300미터 정도 되었기 때문이다.

"대신 독무의 범위가 넓어지면 위력이 약화된다."

그거야 당연한 거다.

"사용할 수 있는 독의 종류는?"

"몸을 마비시키는 독, 심장을 멈추게 하는 독, 미쳐 버리게 하는 독, 피를 멈추지 않게 하는 독, 환상과 환각을 느끼게 하는 독 등 세상에 존재하는 어떤 독도 다룰 수 있다."

"대단하군."

가온은 더 이상 참지 못하고 상대의 능력을 칭찬했다. 독을 다룬다는 말은 방출뿐 아니라 흡수할 수 있는 능력을 포함하는 것이다.

"왜 그런 능력을 가지고 우리의 도움을 요청하는 거지?"

마족 때문이겠지만 더 자세하게 알고 싶었다.

"우리 일족은 아득한 옛날부터 오랫동안 이곳에서 다양한 마수, 몬스터와 투쟁하며 살아왔다. 마족이 자리를 잡기 전만 해도 이 근방에서 우리를 건드릴 수 있는 적은 없었다. 하지만 30여 년 전에 마족이 금지된 땅에 자리를 잡고 나서 온갖 변이가 출현했다."

"잠깐! 마족이 30여 년 전에 이곳에 자리를 잡았다고?"

나가라자 퀸의 말이 맞는다면, 그리고 시간의 흐름이 외부와 비슷하다면 던전은 생각보다 훨씬 더 일찍 생성된 것이 틀림없었다.

"그렇다. 전설이지만 우리 선조는 골드드래곤의 가디언이었다고 한다. 골드드래곤이 죽은 후 정신 금제에서 벗어난 우리 일족은 오랫동안 번성했다. 그런데 마족이 30여 년 전에 금지로 지정된 언데드필드에 자리를 잡았고, 금지에서 마기가 폭발적으로 흘러나와 수많은 동물이 떼죽음을 당했다. 죽지 않는 것들은 마기의 영향으로 변종이 되었고."

"그럼 너희는?"

"우리는 모시는 신이 내린 성물이 있는 거대한 수중 동굴에서 살았기에 마기의 영향을 최소화할 수 있었지만, 그 바람에 마기를 받아들여서 강해진 변이 마물들의 집중적인 사냥 대상이 되었다."

"그런 능력을 가지고도 일방적으로 사냥을 당했다고?"

믿기가 힘들었다. 왜냐하면 저습지나 호수에서는 아무리 마물이라고 해도 나가족을 압도할 수 없었기 때문이다.

"이유가 있다. 일단 일족의 핵심 전력이 30여 년 전에 마족에게 몰살당하면서 세가 크게 약해졌다. 또한 뭍은 마기가 농후해서 오래 활동할 수가 없다. 마지막으로 물까지 마기로 오염되면서 우리가 활동할 수 있는 영역이 극도로 축소되었다. 결국 우리 일족은 30여 년 만에 숫자가 100분의 1로 줄어들었고, 마기의 영향으로 태어나는 아이의 숫자가 크게 줄었다."

"떠날 생각은 안 해 봤나?"

그런 상황이라면 이 정도의 지능이 있는 생물이라면 당연히 거처를 옮길 생각을 했을 것 같았다.

"왜 안 했겠나. 하지만 우리의 몸이 이래서 2차 진화를 한 일족의 전사와 주술사 들을 제외하고는 멀리 떠날 수가 없다. 수시로 우리를 사냥하러 오는 놈들도 있고."

그렇다면 나가족의 사정은 어느 정도 이해가 갔다.

'리자드맨처럼 파충류 인간으로 분류되는 나가는 진화를 하지 않을 경우 물을 벗어나서는 단 하루도 살 수 없는 존재이기는 하지.'

진화를 통해 인간의 두 다리를 가지게 된 개체들은 다르지만 보통 나가와 나기니는 적당한 습도가 유지되는 환경이 아니면 오래 견딜 수가 없었다.

그런 상황에서 던전을 나가려면 혼트롤의 영역은 물론 오크의 영역까지 통과해야 한다. 말을 타고도 족히 일주일은 걸리는 거리이니 설사 비가 내리는 날을 이용한다고 해도 살아온 터전을 벗어나 새로운 세상으로 이주하는 것은 불가능에 가까운 일이다.

아무튼 나가라자 퀸의 설명을 듣고 가온은 이 던전에 대해서 이전보다 훨씬 더 강한 호기심을 가지게 되었다.

"처음 보는 우리를 어떻게 믿고 이런 부탁을 하는 거지?"

"어제 꿈에 우리가 모시는 신이 나오셨다. 데롯님의 말씀으로는 외부에서 들어온 존재가 우리를 안전한 땅으로 인도할 수 있다고 했다. 그리고 오늘 우리 앞에 나타났으니 당연히 당신들이 그런 존재겠지."

사실 그게 전부는 아니지만 예하는 거기까지만 꺼냈다.

"좋다! 안전한 땅으로 데려다주지. 대신 마족을 사냥하고 떠날 때까지 너희들도 적극적으로 도와야 한다."

예하는 가온의 자신의 부탁을 수락하자 희색이 되었다가 이내 심각한 얼굴이 되었다.

"비가 오지 않는 육지 환경에서 한 달 이상 지낼 수 있는 전사 중에서 70명을 지원하겠다."

가온은 지금도 자세를 꼿꼿하게 유지하고 있는 나가 전사들을 보며 그 숫자가 너무 적다고 생각했다. 하체가 뱀이 아닌 두 다리를 가진 개체, 즉 1차 진화를 한 것으로 보이는 전사만 거의 500은 될 것 같았다.

"너무 적은데."

"어쩔 수 없다. 고립된 이곳을 떠나기 위해서는 당신들의 도움이 절대적으로 필요하지만 우리 사정도 그리 좋지 않다. 식량도 부족할 뿐 아니라 골드그리핀과 같은 비행 마수나 다크오우거와 같은 놈들이 수시로 우리를 사냥하기 위해서 찾아온다. 수중 동굴들도 마기에 침식되는 영역이 증가해서 일족 태반이 몇 개밖에 남지 않은 안전한 섬에서 지내는 상황이라서 약한 일족을 지킬 전사들이 아주 많이 필요하다."

"흠."

상대의 말에도 일리가 있었지만 그 정도로는 큰 도움이 되지 않는다.

"차출될 전사들을 제외한 이들을 걱정할 필요는 없다."

"어떻게 말인가?"

"내가 가진 능력 중에는 내게 귀속된 존재에 한정해서 풍요롭고 안전한 땅으로 보낼 수 있는 것이 있다. 일단 주종 계약이 아니라 언제라도 서로 해제할 수 있는 가벼운 계약을 맺은 후 몇 명이 그곳의 상황을 확인하고 귀속 여부와 이주 여부를 결정하는 것이다."

"잠깐만."

예하는 혼자 결정을 내리기 어려운 문제라고 생각했는지 조금 물러나서 나가라자 열두 명과 머리를 모으고 의논을 했다.

가온은 꽤 오래 걸릴 거라고 생각했지만 대화는 금방 끝났다. 아레오나 아나샤가 뭔가 얘기를 꺼내기도 전에 돌아온 것이다.

"좋다. 나와 카릴이 직접 확인하겠다."

예하보다는 2마리가 적은 6마리의 뱀 후광을 두르고 있는 여전사가 앞으로 나섰다.

"그럼 일단 임시로 예속 계약을 하도록 하지."

가온은 즉석에서 두 사람과 예속 계약을 했다. 언제라도 한쪽이 원하면 파기할 수 있는 계약이었다.

계약을 하자 가온은 바로 상대의 영혼과 이어진 끈을 볼 수 있었다.

'이전에는 이렇지 않았던 것 같은데.'

모라이족과 계약을 할 때도 이렇게 계약의 결과를 눈으로 볼 수 없었는데, 뭔가 변화가 생긴 것 같았다. 가온은 이런 현상이 새로 생성된 영력의 영향이 아닌가 생각했다.

'이크! 이게 중요한 게 아니지.'

가온은 주위 사람들에게 잠시 눈에 보이지 않는 세상으로 갔다가 돌아올 거라는 설명을 해 주었다.

물론 아레오를 포함한 이들은 생명의 아공간을 알고 있기에 자연스럽게 받아들였고, 돌아가는 사정을 모르는 이들은 이해가 안 가는 얼굴이지만 지금 그들에게 설명을 할 수는 없었다.

가온의 의념을 미리 전해 듣고 기다렸던 엘프족 원로들은 나가족을 보고도 놀라지 않았다.

"저런! 나가 일족의 상황이 참으로 안됐군요."

"나가족은 영역만 침범하지 않으면 이웃이라도 전혀 신경을 쓰지 않는다고 알고 있어요."

"예전에 나가와 만난 적이 있어요. 5마리의 후광을 가진 전사였는데, 검기를 능숙하게 써서 아주 놀랐는데 이 두 분은 굉장한 강자네요!"

엘프족이 살던 세상에도 나가족이 살고 있었고 원로 중 몇 명은 조우한 적도 있다고 했으며, 나가족에 대한 인상도 좋은 편이었다.

"온 님, 나가족도 이제 우리 이웃이 되는 건가요?"

가온이 고개를 끄덕이자 에르넬 원로가 기쁜 표정을 지으며 예하와 카릴에게 시선을 돌렸다.

"좋은 곳이 있어요. 본래도 큰 호수였지만 얼마 전 수로들을 연결해서 만들어진 거대한 호수라면 나가족에게 좋은 보금자리가 될 것 같아요. 수로를 통해 이 땅 어디로도 갈 수 있고."

한동안 자신들끼리만 생명의 아공간에서 살다가 정령들과 모라이족이 합류한 후 다른 문화와 전통을 가진 이종족과 어울리는 재미를 느낀 엘프족은 벌써부터 나가족을 이웃으로 생각하는 듯 친절하게 두 나가라자를 맞이했다.

그래서 에르넬 원로는 가온이 어쩌기 전에 알아서 두 나가라자를 데리고 생명의 아공간 곳곳을 구경시켜 주고 이곳에 대한 이야기를 해 주었다.

"보기만 해도 평화롭고 풍요로운 땅이네요."

"이곳이라면 더 이상 죽음에 대한 두려움을 느끼지 않고 평화롭게 살아갈 수 있을 것 같아요."

적이 없는 땅.

뭐든 잘 자라고 풍성한 수확이 약속되는 땅.

좋은 이웃이 있는 땅.

자신들의 육체적 특성에 맞는 호수와 강이 종횡으로 연결되는 땅.

두 나가라자는 한동안 엘프들에게 이끌려 다니면서 자신

들에게 이보다 더 좋은 곳은 없을 거라는 사실을 확신했다.

'비록 영혼까지 복속해야 얻을 수 있는 땅이지만 그러고도 남을 가치를 가진 곳이야.'

게다가 이곳은 격리되지도 않았다. 엘프들에게 전해 들은 바로는 전사들의 경우는 물론이고, 바깥세상에 특별한 용건이 있으면 주인에게 언제든 얘기해서 나갈 수도 있었다.

나중에 들었지만 엘프족 원로들이 나가족을 환영하는 이유가 있었다.

나가족은 제대로 된 수로를 건설하는 천부적인 능력이 있었고 아직도 드넓은 황무지를 생명력이 가득한 곳으로 가꾸기 위해서는 수로의 건설이 무엇보다 필요했다.

하지만 엘프족과 모라이족만의 힘으로는 수로를 건설하기가 쉽지 않았다. 게다가 지금은 전사들이 거의 대부분 밖에 나가 있으니 인력이 부족할 수밖에 없어 나가족의 대대적인 이주가 반가울 수밖에 없었다.

마침내 이곳을 떠날 시간이 되었다. 예하와 카릴은 동료들에게 이곳에 대해 설명을 해 주기 전에 자신들의 개인적인 의견을 교환했다.

카릴이 먼저 자신의 의견을 밝혔다.

"퀸, 저는 엘프족처럼 언젠가 이곳과 비슷한 곳이 나오면 예속 계약을 해제해 주는 조건으로 주인과 계약을 할 것을 추천해요."

"그래만 주면 좋겠지만 우리 쪽에 너무 좋은 조건이라서 과연 그가 우리의 요구를 받아들일까?"

자신들도 리자드맨들을 정신 지배를 통해서 노예로 부리고 있어서 일단 예속 계약을 하면 주인이 될 가온이라는 인간이 효용 가치가 높은 자신들을 쉽게 놓아줄 리가 없다는 사실을 잘 알고 있다.

"대신 마족을 토벌하는 일을 최선을 다해서 돕도록 하지요. 엘프족도, 모라이족도 비슷한 내용의 계약을 맺고 이곳에 왔다고 했어요. 이 인간은 우리에게 전승되는 이야기에 나오는 욕심 많은 인간과는 다른 성격인 것 같아요. 그래서 두 종족도 고마운 마음에 그에게 도움이 될 만한 것들을 열심히 만들고 있고 전사들도 자청해서 그를 돕고 있다고 했잖아요."

"꼭 인간이 아니더라도 이렇게 손해를 보는 짓을 하는 종족은 없을 것 같지만, 정말 그렇다면 우리 일족으로서는 더없이 좋은 일이지."

"맞아요. 상대가 딱히 원하는 것이 없더라도 두 종족처럼 우리가 알아서 하면 될 것 같아요."

맞다. 드래곤의 가디언이었던 나가족의 명예가 있지 은혜를 입고도 갚지 않는 것은 일족의 수치다.

결국 그렇게 나가라자 퀸은 일족 모두가 가온에게 예속되어 생명의 아공간 거주민이 되기로 결정을 내렸다.

나가족의 합류와 이어지는 토벌

　마음의 결정을 내린 예하는 다시 현실로 돌아와서 나머지 나가라자들에게 자신이 본 새로운 세상과 이웃에 대한 자세한 설명을 해 준 후 일족의 미래를 건 논의를 시작했다.

　그리고 당연히 예하와 카릴의 의견처럼 결정이 되었다. 퀸의 권위를 존중하기도 했지만 지금 나가족에게는 선택의 여지가 별로 없었다.

　가온이야 당연히 그 결정을 반겼다. 엘프족에 비하면 전사나 주술사의 숫자가 적지만 믿을 수 있는 새로운 조력자를 얻은 것이다.

　상대에게 호구처럼 보일 수도 있지만 광대한 생명의 아공간을 진짜 생명의 땅으로 가꾸려면 다양한 능력을 가진 아인종이 필요했다.

지금의 나가족처럼 몰릴 대로 몰린 상황이 아니면 생명의 아공간으로 이주할 아인종은 없을 것이다. 가온이 생각하는 그곳은 제한이 많은 좁은 공간이었다.

"그럼 바로 일족에게 돌아가서 너희가 내린 결정을 알리고 가져갈 짐을 챙기도록 해. 나도 할 일을 마치고 카릴과 함께 그곳으로 가도록 하지."

나가족에게도 이주할 준비를 하도록 해야만 했다.

가온은 대원들에게 휴식 시간을 준 후 기다리던 나가라자 카릴을 따라 그들이 거주해 왔다는 섬으로 향했다.

가온은 무려 1만이 넘는 나가족들과 일일이 계약을 하는 번거로운 과정을 아주 가벼운 마음으로 해냈다.

상대의 가부만 확인하면 되는 일이었고, 퀸과 나가라자들의 결정에 이의를 제기하는 나가족은 없었기에 그리 오랜 시간이 걸리지도 않았다.

그렇게 나가족은 생명의 아공간으로 이주를 했고 크게 만족했다. 환경도 마음에 들었지만, 무엇보다 그곳은 엘프와 모라이족을 제외하고는 아예 마수와 몬스터가 없는 땅이었다.

나가라자 퀸 예하는, 1차 진화를 해서 뭍에서 한 달 이상을 보낼 수 있고 검기를 사용할 수 있는 400명의 전사를 이끌고 직접 공략대에 합류했다.

물론 골드 상급의 전투력을 지닌 나가라자 열두 명도 포함되었다. 또 다른 나가라자 다섯 명은 전투력보다는 주술력이 높아서 생명의 아공간에 남아 일족의 정착을 지휘하기로 했다.

가온은 하루 동안 쉬기로 결정하고 고민 끝에 나가족 전사들은 본부대로 편성했다.

그 결과 본부대도 1천 명 규모가 되었고 공략대는 총 17개 천인대로 완편되었다.

당연히 본부대의 전력은 크게 강화되었다. 나가족이 지배하는 리자드맨 전사들을 본부대의 별동대로 운용하기로 했다.

"우리가 정신 지배를 건 리자드맨 전사의 경우 마기에 오염되기 직전이에요. 만약 지배를 풀어 준다면 리자드맨 전사들은 다른 몬스터들처럼 마기에 잠식되어 마물이 되고 말 거예요."

공략대의 입장에서야 언제든 방패나 미끼로 쓸 수 있는 전력이 추가되었으니 환영할 일이다.

다만 리자드맨들의 경우 자의적인 판단으로 행동하는 것이 불가능하기 때문에 400명의 나가족 전사들과 함께 움직이기로 했다.

가온은 나가라자 퀸 예하는 참모로 임명하고 열 명의 나가라자를 선발해서 각각 250마리의 리자드맨을 지휘하도록 했다.

합류한 날부터 인간의 언어에 관심을 보인 예하는 나가라자들을 포함한 나가족 전사 400명과 함께 아레오와 아나샤로부터 언어를 배웠는데, 놀랍게도 반나절 만에 어느 정도 의사소통이 가능해졌다.

공용어가 표음문자이기 때문에 발음이 쉬운 것도 있었지만 나가족의 언어 습득 능력은 가공할 정도로 높았다.

"선대의 전사와 주술사 들께서 마족에게 몰살을 당하는 바람에 많이 실전되었지만 나가족의 주술 중에는 단시간 동안 뇌의 활동을 열 배 이상으로 높여 주는 주술도 있어요. 공략대에 제대로 녹아들려면 의사소통이 무엇보다 중요하다고 생각해서 그 주술을 사용했어요."

"그런 주술이 있어?"

"네. 대신 그만큼 후유증이 심해서 한동안 두통을 감수해야만 해요."

아무튼 나가족 전사들은 간단한 내용의 경우 알아듣고 말할 정도가 되었으며, 퀸을 포함한 나가라자들은 좀 더 복잡하고 어려운 문장까지 구사할 수 있게 되었다.

나가족 전사들의 합류는 많은 이득을 가져왔다.

일단 저습지에서의 이동이 엄청나게 빨라졌다. 혼탁한 물로 인해서 깊이를 짐작하기 어려운 저습지에서 나가들은 단단하고 물이 얕은 바닥이 있는 구간으로 공략대를 이끌어 주었기 때문이다.

"예하, 저습지에도 깊은 곳이 있어?"

언어 교습이 끝난 후 함께 술을 한잔하더니 급속히 친해진 아나샤가 이동 중에 예하에게 물었다. 예하가 외모에 비해 나이가 아나샤와 비슷한 것 같았다.

"당연히 있지. 깊은 곳은 1차 진화를 앞둔 애들의 키 열 배에 해당할 정도로 깊어."

그렇다면 깊이가 30미터 이상이라는 얘기다.

"그리고 그런 곳에는 마기로 인해서 거대화 쪽으로 변이한 물고기들이 살지. 하지만 단순히 깊은 곳이 위험한 것은 아니야."

"그럼?"

"얕아 보이지만 펄이라서 한번 발이 빠지면 점점 깊이 빠져 결국 익사할 수밖에 없는 곳들이 천지야. 위는 잔잔하지만 아래쪽의 유속은 엄청나게 빨라서 한번 휩쓸리면 호수 깊은 곳까지 쓸려가는 곳들도 많아. 심지어 우리 일족도 다 크기 전에는 그런 곳에서 꽤 많이 죽기도 해."

두 사람의 대화를 듣던 가온은 등골이 서늘했다. 새삼 나가족과 계약하길 잘했다는 생각이 들었다. 자신은 그저 단순하게 저습지라 말이나 초원 늑대를 타고도 쉽게 이동할 수 있어 선택한 행로였는데, 숲보다 오히려 더 위험했다.

"게다가 수심과 관계없이 어떤 곳에는 뼈를 부술 수 있을 정도로 날카롭고 단단한 이빨을 가진 변이 물고기들이 많이 살아. 그런 마물은 수만 마리가 무리를 이루고 있는데 혼트롤이 재생 능력을 사용하지도 못할 정도로 빠르게 해치워. 몇 번 숨 쉬는 사이에 그 거대한 혼트롤의 살점은 물론 뼈까지 모조리 먹어 치울 정도로 엄청난 식욕과 공격성을 가지고 있어."

"변이 물고기도 있다고?"

"응. 예전에는 우리가 다 잡아 없앴는데 마기로 인해 변이 된 물고기 중에서 몇 종이 다시 생겼어. 그런데 마화가 된 그런 물고기들은 무시무시한 속도로 번식을 해서 이젠 이 너른 저습지 중에서도 안전한 곳이 많이 남지 않았어."

그런 점도 나가족이 한시라도 빨리 이곳을 벗어나려는 이유 중 하나일 것이다.

"아! 저 앞쪽도 그런 변이 물고기가 많은 곳이야."

그녀의 시선이 향하는 전방을 보니 혼탁한 정도가 아니라 물 색깔이 까맣게 변한 영역이 보였다. 폭은 50미터 정도에 길이는 대략 300미터에 달하는.

그렇게 아나샤와의 대화 중에 변이 물고기의 존재를 알린 예하가 가온을 쳐다봤다.

'어떻게 처리할지 시험해 보고 싶은 얼굴이군.'

나가족에게는 변이 물고기를 피하거나 죽일 수 있는 방법이 분명히 있을 테지만, 공략군 혹은 가온의 능력을 시험해 보고 싶은 모양이다.

수생 마수라면 반드시 통하는 것이 있었다.

그것은 바로 전격!

가온은 뇌전신공을 펼칠 준비를 했다.

그 전에 할 일이 있었다. 저렇게 넓은 범위를 전격을 덮을 정도의 뇌전신공을 펼치게 되면 사람들도 감전이 될 테니 뒤로 한참 물러나라고 해야 했다. 아마 500미터 이상 후퇴해야 하지 않을까 싶다.

그런데 그때 벼리가 의념을 보냈다.

-오빠.

'응, 벼리야.'

-오빠가 알아보라고 했던 혼트롤의 뿔 말이에요.

가온은 혼트롤을 사냥한 직후 혹시나 하는 생각에 벼리에게 뿔에 숨겨진 효용이 있는지 조사를 해 달라고 부탁했었다. 혼트롤의 뿔뿐 아니라 혼울프의 뿔까지 말이다.

'그게 왜?'

-지금 이 상황에서 쓰면 알맞을 것 같아요. 뿔에 뇌전력을 주입하면 전격이 방출되거든요. 전격의 범위는 대략 30미터 정도고요.

'정말?'

-네. 오빠가 넘겨준 지 얼마 안 되어 알아냈는데 영력에

대해서 알아보느라고 그만……

그런 거야 아무런 문제도 되지 않는다. 기회를 놓치지 않았으면 된 것이다.

'아니야. 수고했어.'

덕분에 이 많은 사람들을 다시 500미터 뒤로 후퇴하도록 하지 않은 것만으로도 충분했다.

-참고로 혼울프의 뿔은 별다른 기능은 없고 혼탁하지만 마기가 농밀하게 쌓여 있더라고요.

그럴 것이다. 있었다면 혼트롤처럼 전투를 할 때 사용했을 테니까.

그 사실을 알아낸 것만으로도 충분했다.

'혼트롤의 뿔은 팔찌의 아공간에 있는 거지?'

-네, 오빠.

가온은 즉시 아공간에서 혼트롤의 뿔 하나를 꺼내 오른손에 쥐고는 마구랏에서 내려서 앞으로 10여 미터 걸어 나갔다. 저습지에서는 정찰대를 운용할 필요가 없기 때문에 그의 앞에는 아무도 없었다.

대략 50보 정도 걸어가니 시커먼 물 위로 튀어 오르는 손바닥 크기의 물고기들이 보였는데, 예하의 말대로 육식을 하는 듯 주둥이 바로 안쪽에 짧지만 날카로운 이빨이 두 줄로 나 있었다.

아레오를 포함한 사람들은 가온이 뭘 하나 궁금한 얼굴로 지켜보고 있었다. 뒤쪽에 있는 전사들도 옆으로 나올 정도로 관심을 보였다. 이미 가온이 걸어가는 사이에 식인 물고기에 대한 이야기가 뒤쪽까지 전해진 것이다.

가온은 사람들의 시선을 받으며 오른손에 쥐고 있던 혼트롤의 구부러진 뿔의 끝부분이 20미터 지점에 오도록 뻗고 마나를 주입했다.

'이왕이면 뇌전력이 좋지.'

"흐억!"

가온의 입에서 억눌린 낮은 신음이 흘러나왔다. 그는 약간만 주입했는데, 뿔 안에 도사리고 있는 기이한 성질의 마나가 뇌전력을 순식간에 50배 이상 증폭시켰다.

파츠츠츠.

혼트롤의 뿔 끝에서 시퍼런 뇌전이 빛살처럼 발출되어 전방 20미터 지점을 강하게 타격했다. 순간적으로 해당 부분의 수위가 낮아지고 주위에 왕관처럼 생긴 전격의 막이 생길 정도였다.

그리고 동시에 그 지점에서부터 시퍼런 뇌전이 동심원을 그리며 순식간에 반경 50미터를 뒤덮어 버렸다.

"온 랑!"

전격에 휩싸인 가온을 본 순간 아레오가 비명처럼 그를 불렀다.

얼마 후 전격이 사라졌다. 매질인 물을 타고 사방으로 흩어진 것이다.

"우트시여, 감사합니다!"

전격에도 멀쩡하게 자신들이 괜찮은지 돌아보는 가온을 본 아나샤가 하늘을 보며 두 손을 모으고 기도를 했다.

하지만 아레오와 아나샤와 달리 사람들은 가온의 앞쪽으로 보이는 모습에 입을 다물지 못했다. 물빛이 아니라 수면 위를 가득 덮은 검붉은 물고기 때문이었다. 변이 물고기는 등은 검고 배가 붉었다.

"대장님이 전격 능력도 보유하고 있었나?"

나름 가온에 대해서 잘 안다고 생각했던 시르네아도 고개를 갸웃했지만, 그가 전격을 방출해서 저 많은 식인 물고기를 죽여 버린 것은 사실이었다.

'분명히 마법은 아니었어.'

아레오도 이상하기는 마찬가지였다. 전격 마법을 구현할 수 있는 마법사라도 전격에 노출되면 무사하지 못했다. 그렇다고 실드와 같은 방호 마법을 펼친 것도 분명히 아니었다.

가장 놀란 사람은 바로 퀸인 예하였다.

'어떻게 혼트롤의 뿔을 사용할 수 있는 거지? 아니, 전격의 범위가 혼트롤이 사용할 때보다 몇 배는 더 커! 대체 어떻게 했기에?'

자신들을 사냥하려는 혼트롤과 치열한 싸움을 통해 10여 개의 뿔을 얻은 나가족이지만 뿔이 가진 비밀은 최근에서야 아주 우연히 알아낼 수 있었다.

조금이라도 뇌전의 속성이 있는 마나를 주입하면 뿔이 전격을 방출하는 것을 알아낸 것이다.

그래서 나가족에서도 뇌전 속성을 다룰 수 있는 몇 명만이 혼트롤의 뿔을 사용할 수 있었다.

그런데 행로로 보아 불과 이삼일 전에 혼트롤을 사냥한 것으로 추정되는 가온이 혼트롤의 뿔이 가진 비밀을 알고 있을 뿐 아니라 능숙하게 사용하고 심지어 전격의 위력이 그들에 비해 압도적일 정도로 강력하니 경악하지 않을 수 없었다.

'게다가 전격에 노출이 되고도 멀쩡해. 어떻게 저럴 수 있는 거지?'

처음 만난 후 급속히 친해진 인간 마법사와 사제도 놀라는 것을 보면 전혀 모르고 있었던 것 같았다.

그럼 혼자서 비밀을 알아냈다는 것인데, 전사가 어떻게 그런 연구를 할 수 있었는지가 너무 궁금했다. 아니, 뇌 속성의 마나를 어떻게 사용했는지 궁금해서 미칠 지경이었다.

예하는 불현듯 자신의 나가족이 어쩌면 스스로 예속을 벗어나길 포기할 정도로 강한 주인을 모신 것이 아닐까 하는 생각이 들었다.

'아무래도 꿈에 나타난 신의 당부대로 행동해야 하겠구나.'

그게 자신과 나가족의 번영을 위한 길인 것 같았다.

예하가 그런 생각을 하는 사이에 가온은 혼트롤의 뿔을 이용해서 총 300미터 구간에 서식하던 변이 물고기를 모조리 감전사시키고 안전한 길을 열었다.

⊰⊱

호수와 맨땅 그리고 저습지가 이어진 광대한 구간을 모두 통과하는 데 꽤 오래 걸렸다. 그래서 다시 초지가 시작되는 곳에 도착한 시간은 어둠이 내리기 시작했을 때였다.

공략대는 급하게 숙영 준비를 했고 롭이 이끄는 정찰대 160명이 3인 1조로 사방으로 흩어졌다. 혹시 근처에 위험한 존재가 있는지 확인을 하려는 것이다.

이 근처 정보를 알고 있을 것 같았던 나가족의 경우 영역이 축소되어 최근의 변화를 알지 못해서 정찰대의 운용은 필수적이었다.

숙영 준비가 모두 끝난 후에야 돌아온 정찰대는 동쪽으로 6킬로미터 떨어진 곳에 2천 마리 규모의 다크오크 부락이 있으며 서쪽에는 별다른 특이 사항이 없다는 정찰 내용을 보고했다.

"동쪽은 1천 보 거리부터 울창한 수림지대가 시작되고 북서쪽도 1,500보 거리에 상당히 높은 언덕이 있어 불을 피워도 될 것 같습니다."

가온은 정찰대장의 조언을 받아들여 불을 피우고 제대로 된 음식을 조리하도록 했다. 제대로 된 요리는 혼트롤을 사냥한 날에 먹은 것이 끝이었기 때문이다.

가장 많은 수를 차지하는 갈기족 전사들은 십인대마다 다른 요리를 준비했다. 어떤 십인대는 스튜와 비슷한 고깃국을 끓이기 시작했고 어떤 십인대는 뭘 하려는지 모르겠지만 불을 피워 둥글고 큰 돌을 달구기 시작했다.

가온은 저녁에 더해서 나가족 전사들의 합류를 기념하기 위해서 작은 잔치를 열기로 하고 필요한 물품을 아레오와 아나샤에게 꺼내 주었다.

"어딜 다녀오려고요?"

"정찰대가 정찰한 너머까지 살펴보고 오려고."

오크들이라면 몰라도 감각이 굉장히 뛰어난 혼트롤 정도라면 2천 보나 떨어진 곳에서도 음식 냄새를 맡을 수 있다. 특히 향신료 냄새는 생각보다 멀리에서도 맡을 수 있었다.

물론 놈들이 쳐들어온다고 해도 실력자들이 많으니 얼마든지 해치울 자신이 있지만 적지 않은 사상자가 나올 것은 안 봐도 알 수 있었다.

'어떤 유명한 장군은 교전보다 더 중요한 것이 정찰과 경계라고 했지.'

이곳처럼 다양한 마수와 몬스터가 서식하는 곳이라면 항

상 긴장감을 놓지 말아야만 했다.

'그래도 일반 전사들의 경우 가끔 긴장을 풀 수 있도록 해 줘야 해.'

안 그럼 어느 순간에 확 퍼지고 말 것이다. 직접 경험한 것은 아니지만 점보 던전을 공략하는 과정에서 알게 된 다수의 지휘관들로부터 들은 얘기였다.

가온은 사랑하는 두 여인의 걱정 어린 시선을 뒤로하고 어두운 하늘로 날아올랐다.

'나이트 비전!'

은신 모드로 비행하면서 시력을 강화시키는 마법까지 펼친 가온은 숙영지를 중심으로 반경 20킬로미터까지 정찰했다.

그 과정에서 정찰대가 놓친 야행성 마수들의 움직임을 찾아냈고, 정찰대의 정찰 범위 바깥에 있던 두 무리의 몬스터 부락을 파악했다.

북서쪽으로 대략 10킬로미터 떨어진 곳에 무려 5천이나 되는 홉고블린 대부락이 존재했고, 그곳과 좀 멀리 떨어지긴 했지만 공략대의 숙영지와 비슷한 거리에 비슷한 숫자의 다크오크 부락이 있었다.

먼저 홉고블린 부락을 살펴보니 그가 아는 홉고블린과는 몸집 자체가 달랐다. 거의 오크 성체에 해당할 정도로 덩치가 크고 강한 기세를 풍기고 있었다.

'아무래도 이놈들은 해치워야 할 것 같네.'

나가족의 이야기에 따르면 던전이 된 후 마수나 몬스터의 먹이가 되는 초식동물들이 확 줄었다고 했다. 마족이 거처하는 금지에서 방출되는 마기 때문이었다.

그래서 나가족까지 사냥을 당하는 존재로 전락해 버릴 정도이니 저 정도의 규모면 따로 정찰대를 운용할 것이 분명했고, 놈들이 공략대를 발견하면 틀림없이 공격할 것이다.

고블린이나 오크는 식량이 부족하면 일족 중에서 약한 개체를 잡아먹을 정도로 배고픔을 참지 못하기 때문에 공략대의 숫자가 훨씬 더 많다고 해도 공격해 올 것이 틀림없었다.

그리고 한동안 풍족하게 먹지 못했을 것이 분명한 두 무리의 몬스터에게 10킬로미터가 약간 넘는 정도의 거리는 아무것도 아니었다.

이동 중에 놈들이 기습을 가한다면 미리 알고 있다고 해도 지형적인 한계로 인해서 1만 7천이나 되는 대군을 효율적으로 운용하기 어려웠다.

'저 두 곳은 토벌해야 안심하고 이동할 수 있어.'

꽤 멀리 떨어져 있긴 했지만 또 다른 다크오크 부락까지 가는 동안 따라붙을 수도 있었고, 어쩌면 그곳의 다크오크들과 협공을 할 수도 있었다.

가온은 추가 정찰을 하길 잘했다고 생각하며 숙영지로 돌아갔다.

가온은 다음 날 아침을 먹은 직후 회의를 소집했다.

참석자는 전사단장 16명과 정찰대장 롭, 본부대장인 시스네아, 참모인 아레오와 아나샤, 차링, 예하 그리고 마지막으로 별동대장이 된 키릴이었다.

회의 주제는 어제저녁에 가온이 발견한 홉고블린 부락과 다크오크 부락에 관한 것이었다.

"종종 저습지로 사냥을 나오는 놈들이라서 저희들도 몇 번 부딪힌 적이 있는데, 전사 계급도 비정상적으로 많은 데다 상당히 집요한 놈들이에요. 특히 마물이 되지는 않았지만 상당히 변이가 진행되어 일반 전사도 마나를 사용할 수 있어 위험해요."

먼저 예하가 놈들에 대해 간단하게 설명했다.

"나는 하루 정도 시간을 버리더라도 놈들을 처리하고 싶은데, 다들 생각이 어떤가?"

"대장님 말씀이 맞아요. 그만한 무리면 순찰대나 정찰대를 따로 운용할 것이 분명할 테니 토벌을 해야 안심하고 진군할 수 있을 것 같네요."

"저도 찬성이에요. 최근에는 먹이가 많이 줄어들어서 전에는 쳐다도 보지 않았던 나무의 뿌리나 열매까지 먹고 있는 상황이라, 우리의 존재를 파악한다면 반드시 기습 공격을 가해 올 거예요."

시르네아가 먼저 자신의 생각을 밝히자 곧바로 예하가 비숫한 의견을 피력했다.

"안 그래도 전사들이 몸이 근질거리는 모양인데 제대로 토벌을 하지요."

"던전에 들어오기는 했지만 제대로 싸워 보지 못하고 기마술과 기마궁술 그리고 마상도법을 수련해 왔기 때문에 대대적인 토벌전이 사기 진작에도 도움이 될 겁니다."

공략대는 가온부터 시작해서 시간적인 여유가 날 때마다 수련을 하기 때문에 대원들도 자신에게 부족한 부분을 채우는 수련을 해 오고 있었다. 덕분에 전력은 빠르게 높아지고 있었기에 수련 결과를 확인할 기회가 필요한 것도 사실이다.

"저도 찬성입니다. 젊은 전사들의 실전 경험을 위해서라도 위험도가 낮은 놈들을 자주 사냥해 봐야 한다고 생각합니다."

전사단장 중 누구도 반대 의견을 표명하지 않았다.

이제 남은 건 토벌 방법이었다. 리자드맨까지 합해서 무려 2만에 육박하는 대군으로 하나씩 토벌하는 건 피해를 낮추겠지만 병력 운용 면에서 보면 효율이 떨어졌다.

"둘로 나누어서 동시에 공격을 하면 어떨까요?"

아레오가 먼저 의견을 내자 다들 그런 생각을 했는지 고개를 끄덕였다.

"그렇게 되면 한쪽은 적의 감각을 혼란스럽게 만들 수 있는 신성진을 사용할 수가 없습니다."

누군가 그런 우려의 말을 했을 때 가온이 입을 열었다.

"이번에는 굳이 신성진을 사용할 필요가 없소."

뜻밖의 말에 사람들의 시선이 가온에게 쏠렸다.

"신성진 대신 나가족의 특기인 독을 사용하면 될 것 같소. 새벽에 몬스터 부락 쪽으로 독 안개를 날려 보내고 화공으로 혼란을 유도하면 신성진을 사용하는 것 이상의 효과가 있을 것이오."

"독 안개를 어떻게?"

"나가족 대전사장들은 독 안개를 피울 수 있는 능력이 있소. 아레오와 달리아트족 원소술사들이 그 독 안개를 정확하게 부락 안쪽으로 불게 하면 되지. 예하, 가능한가?"

"나가라자 다섯 명씩 배치한다면 홉고블린과 다크오크 부락의 주거지역 정도는 충분히 덮을 정도의 독무는 만들 수 있어요. 대장님의 말대로 정확하게 독무를 원하는 방향으로 이동하게 만드는 것이 관건이 되겠네요."

가온은 바로 본부대의 참모 중 한 명인 차링을 쳐다보았다.

나가라자들이 내뿜은 독무를 원소술사들이 부락 안쪽으로 이동시켜 자고 있을 상대를 중독시키는 것이 이번 작전의 핵심이다.

"아예 바람이 없다면 모르지만 한밤중이라면 분명 바람이 불 테니 한 곳에 두 명씩 배치한다면 충분히 가능해요."

다행히 차링의 입에서 낙관적인 견해가 나왔다.

"그럼 1전사단부터 8전사단까지는 홉고블린을, 9전사단부터 16전사단는 다크오크를 맡도록 하지. 본부대는 둘로 나누어서 지원하고. 홉고블린 쪽은 1전사단장인 바토르가 지휘하고, 다크오크 쪽은 11전사단장인 울란스가 지휘하도록 하시오."

둘 다 소드마스터 중급 실력에 노련한 대전사장들이었기에 참석자들의 불만은 전혀 없었다.

"리자드맨들은 어떻게 할까요?"

"리자드맨들은 행여 모를 기습에 대비하는 예비대로 운용하도록 하지."

가온의 대답에 키릴이 좀 아쉬운 얼굴을 했지만 굳이 전술에 맞추지도 못하는 놈들을 운용할 필요는 없었다.

"양측의 거리가 멀기는 하지만 공격 시 발생할 수 있는 연기나 소음 혹은 빛이 다른 한쪽을 경계하도록 만들 수 있으니, 공격 시간은 자정으로 정하고. 그리고 혹시 모를 사태에 대비해서 직접 놈들을 상대할 전사들 중 검기를 능숙하게 사용하지 못하는 전사의 경우 방패를 반드시 휴대하도록 하시오."

나머지는 굳이 얘기할 필요가 없었다. 이 자리에 참석한 이들은 대군을 이끌고 토벌을 진행한 경험이 풍부하고 이전에 다크오크 부락을 새벽에 공격한 사례도 있으니 말이다.

어둠이 짙어지자 숲 한가운데 자리를 잡았던 홉고블린 부락에서 발생하던 소음은 빠르게 사라지고 몇 시간이 지나자 완전한 고요 속에 잠기기 시작했다.

일반 고블린과 달리 오크 전사와 비슷한 덩치를 가진 홉고블린은 지능이 높았고 손재주도 뛰어나서 부락은 높이가 3미터나 되는 거대한 목책을 두르고 있었다. 목책 주위에는 벌목과 벌초 작업을 해서 경계가 쉽도록 했다.

목책 안쪽으로는 발 받침대가 있는 건지 일정 거리마다 투구로 머리에 난 검은 혹을 감춘 홉고블린 경계병들이 포진해서 말끔하게 나무와 풀을 잘라 낸 개활지를 예리한 눈으로 훑어보고 있었다.

개활지의 폭은 100미터에 달해서 적이 숲을 빠져나오는 순간 바로 알아볼 수 있었다. 마기에 변이되기 전에도 홉고블린의 시력은 그 정도로 뛰어났다.

오늘 밤은 다른 날과 좀 달랐다. 보통 때는 설치류가 목책 앞 개활지에서 먹이를 찾느라고 돌아다녔는데, 오늘은 그런 놈들도 보이지 않았고 벌레조차 울지 않았다.

처음에는 그런 변화에 주목하는 홉고블린들이 많았지만 그런 적막이 오래 유지되자 예민했던 감각은 자연스럽게 점점 무뎌졌다.

자정이 될 무렵, 긴장이 풀린 홉고블린 경계병들의 부릅뜬 눈은 어느새 감기기 시작했고, 어떤 놈들은 독침과 호각까지 내려놓고 목책에 머리를 댄 채 자기까지 했다.

그때 희미한 파공성이 들렸다.

훅!

예민한 홉고블린은 소음의 출처를 찾아 전방을 돌아보다가 찾지 못하자 결국 시커먼 어둠에 잠긴 밤하늘을 올려다보았다.

푹!

정수리에 뭔가 꽂히는 감각은 무척이나 뜨겁고 날카로웠지만 의식은 그만큼 빨리 사라졌다.

"멋지군!"

본부대에 속한 엘프 전사들의 활 솜씨는 나름 궁술에 자신이 있던 갈기족과 달리아트족 전사들이 봐도 대단했다.

일제히 포물선을 그리며 날아간 화살들은 단 한 발도 빗나가지 않고 100여 마리에 달하는 홉고블린들의 머리통에 꽂힌 것이다.

경계를 서는 놈들의 상태가 다양했기에 더욱 대단한 것이다. 자신이 맡은 놈의 상태를 고려해서 정확하게 화살을 머리통에 박아 넣어 흘러나온 비명이 거의 들리지 않았으니 말이다.

하지만 감탄만 할 때가 아니다. 단장들의 수신호에 맞추어 전사들이 일제히 목책을 향해 이동했는데 소음은 거의 들리지 않았다.

간혹 실력이나 경험이 부족한 전사들이 발로 돌멩이나 나뭇가지 등을 건드리기도 했지만 그 정도의 소음은 소음 축에도 끼지 못했다.

드디어 목책 앞에 도착한 전사들 중 일부가 목책 위로 올라갔다. 나가족 대전사장들과 달리아트족 원소술사들이었다.

목책의 동쪽과 서쪽 그리고 북쪽에 자리를 잡고 앉은 나가라자들이 입을 벌리자 얼마 후 푸른빛이 도는 연기 한 줄기가 흘러나오기 시작하더니 금세 공기와 반응해서 안개처럼 풀어지면서 사방으로 퍼져 나갔다.

달리아트족 원소술사 두 명은 목책의 동쪽과 서쪽에 자리를 잡았다. 자연적인 바람이 북쪽에서 남쪽으로 불고 있어 그쪽엔 굳이 원소술사들이 필요 없었다.

"천지를 감도는 바람이여, 불어라!"

나가라자의 뒤쪽에 서 있던 달리아트족 원소술사들의 앞에 홀연히 한 줄기 바람이 생성되더니 금세 강해져서 독 안개를 앞으로 보내기 시작했다.

바람을 무조건 세게만 불어서는 안 된다. 푸른 독 연기가 확장되어 찬 공기와 만나 독 안개가 되는 과정을 촉진하기도 해야 했고, 홉고블린들이 곤하게 자고 있는 움집들이 밀집해 있는 중앙 부분으로 날아가게 해야만 했다.

바람을 다루는 달리아트족 원소술사들의 능력은 뛰어났다.

얼마 후 홉고블린 부락의 중앙에 모여 있는 수백 채의 움집들은 옅은 푸른색 안개에 휩싸였다.

그렇게 독무가 움집들은 감싼 지 대략 10여 분 정도가 지나자 바토르가 나직이 명령을 내렸다.

"불화살을 준비해!"

그 명령에 차링이 손끝에 불꽃을 만들어 기름 먹인 천 뭉치를 감은 화살을 시위에 걸고 있는 한 전사에게 향했다.

한 곳에서 피어오른 작은 불덩어리를 본 다른 곳에서도 차례로 불화살을 준비했다.

불화살은 그냥 날리는 것이 아니다. 속도가 너무 빠르면 불이 꺼질 수 있기 때문에 천천히 포물선을 그리며 정확하게 목표를 향해 날아갈 수 있도록 조절을 해야만 했다. 활 솜씨가 아주 뛰어나야 한다는 얘기다.

그렇게 홉고블린들의 움집으로 날아가기 시작한 불화살의 개수는 무려 1천여 발.

삽시간에 홉고블린 부락의 중앙은 엄청난 화염에 휩싸였다. 비록 밤이슬이 내리기는 했지만 잘 마른 풀과 나무로 지은 움집은 불에는 너무 취약했다.

곧 홉고블린들의 비명과 신음이 크게 들려왔다. 온몸에 불이 붙어 발광하는 놈들도 있었고, 어떻게든 불을 끄려고 미친 듯이 날뛰는 놈들도 있었으며 무작정 화염 바다를 벗어나려는 놈들도 있었다.

지난번에 다크오크 부락을 공략할 때와 다른 점은 목책 쪽에 화톳불을 피우지 않았다는 점이다. 그래서 목책 쪽은 여전히 짙은 어둠에 잠겨 있었다.

화염 바다에서 겨우 빠져나온 홉고블린들이 격렬한 기침을 하면서도 정신을 차리려고 애쓰고 있었다.

물론 암컷이나 새끼 들은 거의 보이지 않았다. 나가라자들이 방출한 마비독 때문이었다. 육체 능력이 뛰어나야 삽시간에 퍼진 화염 바다를 헤치고 나올 수 있었기 때문이다.

움집의 재료인 나무와 풀은 바짝 마른 상태라 화력은 좋았지만 그만큼 빨리 탔다. 그래서 얼마 지나지 않아서 화염의 세는 급격히 약해졌다.

그 와중에서도 홉고블린들은 끊임없이 밖으로 나왔다. 대부분 털이 타고 화상을 입은 상태로 말이다.

그 숫자는 대략 4천. 겨우 1천 정도만이 불타 죽었다고 생각할 수는 없었다. 애초에 가온이 추정한 것보다 수가 훨씬 많았다.

'독무의 효과가 대단하네.'

어두운 하늘 위를 비행하며 상황을 지켜보던 가온은 나가라자들의 독 능력에 감탄했다.

나가라자들이 만들어 낸 독무의 독은 마비독이다. 신경 활동을 방해해서 몸을 마비시키는 독으로 중독된 놈들은 몸이 둔해졌기 때문에 불길에서 빠져나오지 못한 것이다.

설사 겨우 화염을 뚫고 나왔다고 해도 마비독으로 인해서 제대로 움직이지 못하고 있었다.

그렇게 화염이 사그라들기 시작하자 곳곳에서 피어에 가까운 마나 파장을 가진 고함이 터져 나왔다.

홉고블린의 수뇌부가 상황을 수습하기 위해서 나선 것이다.

'이때를 놓치지 말아야 할 텐데.'

아군은 어둠 속에 몸을 숨기고 있고 목표는 꺼져 가고는 있지만 환한 불빛에 드러난 상황이다. 가온이라면 적어도 적의 수뇌는 지금 상황을 이용해서 처리할 것이다.

그때 익숙한 파공성과 함께 수많은 화살이 홉고블린 부락 안쪽으로 날아갔다.

'옳지!'

화살들은 무작정 날아가는 것이 아니었다.

'갈기족의 궁술도 굉장히 뛰어나군.'

화살들은 사오십 발씩 한 목표를 노리고 날아가고 있었다. 그 화살들은 필시 방금 전 고함으로 공황에 빠진 무리의 정신을 일깨웠던 수뇌부를 향하고 있을 것이다.

8천에 달하는 궁사가 날린 화살들은 200여 곳에 꽂혔다.

그리고 그곳에는 여지없이 홉고블린 수뇌부가 자리하고 있었고.

일부는 화살을 쳐 내거나 놀라운 능력으로 그 자리를 벗어나는 데 성공했지만 대부분은 온몸에 화살이 꽂혀 죽거나 중상을 입었다. 검기를 사용할 수 있다고 해도 반경 5미터를 그물처럼 덮는 화살 비는 감당하기 어려웠다.

그렇게 죽은 홉고블린의 숫자는 거의 150마리 이상.

'전대 대전사장이라고 하더니 병력을 제대로 운용할 줄 아는군.'

홉고블린의 숫자가 5천이라면 전사는 최대 2천 정도다. 전투 종족이라고 불리는 오크의 경우에도 전사 계급은 보통 일족 전체의 4할이 한계였기 때문이다.

전사가 2천이면 중간 지휘관에 해당하는 전사장의 숫자는 대략 200마리다. 그중 4분의 3이 사라진 것이다.

예상했던 대로 홉고블린 무리는 엄청난 혼란 상태에 빠졌다. 상황을 수습하고 무리를 이끌어야 할 수뇌부 중 상당수가 죽어 버렸고 마비독에 당한 자신들은 포위당한 것 같으니 두려울 수밖에 없었다.

그런 점을 생각하면 아직도 여전히 목책을 이용해서 어둠 속에 모습을 감추고 있는 공략대를 지휘하는 바토르의 역량이 뛰어난 것이다.

홉고블린들은 공포에 질린 상황에서 이제 막 불이 꺼지고 있는 중앙 쪽과 어둠에 잠겨 있는 바깥의 목책 쪽을 번갈아 쳐다보며 어찌할 바를 몰랐다.

그때 목책의 여러 곳이 무너졌다. 공략대가 목책 하단부를 도끼로 잘라 버린 것이다.

그리고 바닥에 쓰러진 목책 위로 나타난 것은 전투마나 초원 늑대를 탄 전사들이었다.

'젊은 전사 다섯에 노련한 전사 다섯 명의 조합이라. 괜찮네.'

바토로는 이 기회에 젊은 전사들의 실전 능력을 높이고 싶은 모양이다. 그래도 안전을 생각해서 파트너로 노련한 전사를 한 명씩 붙여 준 것이다.

그렇게 출동한 전사 중 젊은 측은 가온에게 받은 모라이족이 만든 마상도를 쥐고 있었고 노련한 전사들은 시위에 화살을 걸고 있었다. 직접적인 전투는 젊은 전사들에게 맡기려는 바토르의 의향이 반영된 것이리라.

마침 적인 홉고블린들은 미량이라도 독무을 들이마신 상황이다. 그만큼 전력이 약화되었으니 젊은 전사들의 실전 상대로 안성맞춤이다.

그때 홉고블린 부락의 상공에 커다란 빛의 구가 나타나서 아래쪽을 대낮처럼 환하게 비췄다. 가온과 함께 날고 있는 아레오의 마법이었다.

그게 신호라고 받아들였는지 공략대가 본격적으로 움직였다.

두두두두.

초원 늑대들을 시작으로 전투마들까지 어찌할 바를 모르는 홉고블린들을 향해 힘차게 내달렸다.

살아남은 홉고블린 수뇌부는 특유의 독 능력을 이용해서 해독을 한 후 어떻게 해서든 전사들을 규합해서 대항하려고 고함을 질렀는데, 그때마다 그런 놈들을 향해 화살 비가 날아갔다.

그래서 공략대가 홉고블린들에게 도착했을 때는 더 이상 수뇌부는 남아 있지 않았다. 아니, 살아 있는 놈들이 있다고 해도 큰 소리를 내어 지휘를 할 수가 없었다.

그렇게 극도의 혼란에 빠진 홉고블린들은 초원 늑대와 전투마 위에서 휘두르는 마상도의 궤적을 제대로 피하지 못했다.

그래도 대항하는 놈들이 없지는 않았다. 대롱을 입에 물고 혹에서 만들어진 생체독을 바른 독침을 쏘거나 마나가 주입된 창을 내지르는 전사들이 있었다.

하지만 독침에 맞은 전사는 거의 없었다. 사전에 단단히 주의를 듣기도 했지만 노련한 전사들이 그것을 먼저 포착하고 쳐 내거나 경고를 했기 때문이다.

물론 아레오가 발현한 빛의 광구가 큰 도움이 되었다. 그

것이 없을 경우, 꺼져 가는 불이 발산하는 빛만으로는 날아오는 독침을 포착하기 힘들었을 것이다.

전사들은 마상도로 훤히 보이는 홉고블린의 머리통을 향해 휘두르지 않고, 그동안 익힌 팔방풍우의 초식을 풀어 냈고, 궤적에 걸리는 것들은 모조리 잘리고 부서졌다. 달리는 속도와 마상도의 속도가 더해진 결과였다.

순식간에 홉고블린 무리는 늑대 앞의 양 떼처럼 흩어졌고 죽어 갔다.

그런 전사들도 모르게 뒤따라온 별동대가 있었다. 그들은 백인장 이상으로 홉고블린 수뇌부를 따로 상대하기 위해서 바토르가 보낸 것이다.

별동대는 전사들이 피해를 입기 전에 홉고블린족의 강자들을 찾아서 상대했고, 그 바람에 홉고블린의 지휘 체계가 완전히 무너졌다.

살아남은 홉고블린들은 비명을 지르며 목책을 향해 무작정 도망치기 시작했는데 그 선택의 결과는 참혹했다. 놈들이 목책이 가까워지는 순간 어느새 목책을 넘어온 공략대가 날린 화살은 곡사가 아니라 직사로 위력도 강하고 속도마저 빨랐기 때문이다.

지난번에 다크오크를 토벌할 때와 달리 가온은 이번에는 전혀 관여하지 않았지만 결과에 따른 보상을 챙겼다.

어느새 불이 꺼지고 잔열이 남은 시커먼 폐허에 내려앉은 가온은 파워드레인 스킬로 죽은 홉고블린들이 방출하는 에너지를 흡수하는 동시에 족장의 거처였던 곳을 찾았다.

'역시!'

놈들 역시 지난번의 다크오크와 마찬가지로 멀리 떨어진 곳으로 이어지는 도피용 땅굴을 파 둔 것이다. 그만큼 천적의 공격이 수시로 이루어졌으리라.

그리고 땅굴 안에는 기대했던 것이 있었다. 이곳에 정착한 이전 세대의 홉고블린들이 남긴 마정석들이었다.

그런데 뜻밖의 보상도 있었다.

'이건 홉고블린의 생체독?'

10여 개에 달하는 큰 토기에 담겨 있는 액체는 살짝 맡았음에도 온몸이 마비되는 감각이 느껴지는 것으로 보아 홉고블린들이 자랑하는 생체독이다.

상황이 이렇게 전개되어서 그렇지 홉고블린의 생체독은 오우거도 순간적으로 마비시킬 정도로 지독한 극독에 속했으니 보물이라고 해도 과언이 아니었다.

기쁘게 전리품을 챙긴 가온은 호기심에 홉고블린들이 판 땅굴을 한번 조사해 보기로 했다. 물론 자신이 직접 들어가 볼 필요는 없었다.

'카오스, 어디까지 연결되었는지 확인해 줘.'

얼마 후 돌아온 카오스는 놀라운 소식을 전해 주었다.

'북쪽에 있는 너른 초지의 중앙까지 연결되었다고?'

더 자세히 물어보니 그곳은 마족의 영역까지 가는 길 중 베헤모스라는 마수들이 자리를 잡은 대초원의 한복판에 있는 작은 숲 중앙이었다.

'잘됐네.'

사실 마족이 있는 곳까지 가는 여정에서 반드시 상대해야 하는 마수 중 하나가 바로 베헤모스였다.

지구의 코끼리와 하마를 합쳐 놓은 것 같은 외형을 하고 있는 거대 마수인 베헤모스는, 초원 늑대나 전투마를 타고 있는 공략대에게 가장 위협적인 존재였다.

놈들이 서식하는 초원의 한쪽은 거대한 호수였고 다른 쪽은 비행 마수들이 자주 출몰하는 높은 암벽지대로 돌아가려면 족히 일주일은 넘게 걸릴 것이다.

영역에 매우 민감한 것으로 알려진 베헤모스는 마수답게 거대하고 날카로운 뿔과 송곳니를 가지고 있는데, 거대한 몸집과 달리 달리는 속도가 엄청났다. 그리고 달려오는 거체와 부딪히면 어지간한 바위는 산산조각이 난다고 알려졌다.

시력이나 청력도 좋아서 놈들을 먼저 발견하는 것은 거의 불가능하고 은밀하게 접근하는 것도 마찬가지여서 아주 골치 아픈 상대였다.

이전에 던전에 들어왔던 경험이 있는 옹고트는 베헤모스에게 당한 제국 전사가 무려 1천이 넘는다고 했다.

마나가 주입된 무기라야 생체 보호막과 두껍고 질긴 가죽을 베거나 뚫을 수 있는데, 워낙 가죽과 지방층이 워낙 두껍고 생명력이 높아서 창이 급소에 박혀도 쉽게 죽지 않기 때문에 제국 공략대는 결국 우회할 수밖에 없었다는 얘기를 해 주었다.

하지만 가온은 우회할 생각이 전혀 없었다.

'높은 암벽으로 이루어진 고산을 따라 이동하는 것도 위험하지만 나무가 거의 없이 사람 키보다 더 큰 풀들이 자라는 호숫가를 따라 이동하는 것은 비행 마수의 손쉬운 먹이가 되겠다는 것이나 다름없지.'

오러블레이드를 사용할 정도가 아니면 와이번과 같은 거대 비행 마수를 사냥할 수 없다는 것이 상식이다. 검기를 사용하는 정도로는 놈들의 공격을 겨우 몇 번 막아 낼 뿐인 것이다.

제국 공략대도 호수를 따라 우회하는 경로를 택했기에 와이번과 골드그핀 그리고 하피의 공격을 받았고 결국 희생자가 절반이 넘게 되자 도망치듯 던전을 나온 것이다.

물론 플라위스들이 있기 때문에 비행 마수들이 겁나는 것은 아니지만 가온은 굳이 우회하고 싶지 않았다. 베헤모스라고 해도 사냥하지 못할 것은 없었다.

'베헤모스에 비하면 하찮은 전투력을 가진 홉고블린들이 왜 땅굴을 거기까지 뚫었을까?'

이해가 되지 않았다. 죽으려고 환장을 한 것이 아니라면 무슨 이유가 있을 것이다.

가온은 당장이라도 굴의 끝부분을 확인하고 싶었지만 애써 그 마음을 눌렀다.

'일단 다크오크 부락을 공략하는 대원들부터 확인하고.'

홉고블린도 만만치 않지만 다크오크 역시 만만치 않은 상대였다.

베헤모스

　걱정과 달리 다크오크 부락을 맡은 8개 전사단도 대승을 거두었다. 홉고블린 쪽보다는 시간이 좀 더 걸렸지만 부락 전체를 불태웠고 도망친 놈이 1마리도 없을 정도로 말끔하게 토벌한 것이다.

　덕분에 가온은 이곳에서도 파워드레인 스킬로 엄청난 에너지를 흡수할 수 있었다.

　전리품도 엄청났다. 마정석들이 쏟아진 것이다. 가온은 마정석들을 단장들에게 맡겨 공을 세운 전사들에게 배분하도록 지시했다.

　사냥한 놈들에게 얻은 전리품 중 가온이 따로 챙긴 것은 없지만, 파워드레인 스킬로 홉고블린과 다크오크의 사체에서 흡수한 에너지의 양은 마정석의 가치에 비할 바가 아니었다.

거기에 기대한 것처럼 놈들의 도피용 땅굴 입구에서 얻은 전리품은 사냥한 놈들에게서 나온 마정석의 수십 배에 달했다.

카오스로 하여금 땅굴을 조사하게 한 가온은 굴의 끝부분이 홉고블린 부락과 남쪽으로 연결되었다는 사실을 알아냈다.

'조만간 홉고블린들을 사냥하려던 모양이네.'

달리 사냥할 초식동물들이 거의 없는 상황이니 저희끼리 먹고 먹히는 생존경쟁을 하고 있다는 증거였다.

밖으로 나온 가온은 마침 눈에 띈 엔릴을 비롯한 엘프 사령술사들에게 비교적 멀쩡한 오크 사체들을 넘긴 후 사체 대부분을 앙헬로 하여금 모두 챙기게 했다.

홉고블린 사체들도 그렇게 챙겼는데 이지를 어느 정도 잃은 리자드맨들의 식량으로 활용하려는 것이다.

그렇지만 슬픈 소식도 있었다.

"사상자가 양쪽 합해서 54명이나 나왔군."

"그래도 죽은 전사는 겨우 넷밖에 안 됩니다."

바토르가 뿌듯한 얼굴로 말했다. 사실 상대는 양쪽을 합해서 무려 1만이 훌쩍 넘었는데, 정리하는 과정에서 사망자가 겨우 넷이라면 그야말로 완벽한 대승이었다.

죽은 전사들은 대부분 경험이 많지 않은 젊은이들로 혈기를 제대로 다스리지 못해 위험을 자초한 경향이 있었다. 그렇기에 그들을 보호할 책임이 있는 선배 전사들이 동료들에게 힐난의 눈초리를 받는 등 곤혹을 치렀다.

그래도 실전 경험은 중요했다. 이렇게 혈기 방장한 젊은 전사들이 죽음이 도사리고 있는 전투에서 죽고 다치는 이들이 나올 수 있다는 사실을 뼈에 깊이 새기는 것만으로도 큰 성과라고 할 수 있었다. 다음에는 좀 더 신중하게 대처할 테니 말이다.

"부상자들의 상태는?"

"두 참모님과 주술사들 덕분에 시간을 좀 걸리겠지만 죽지는 않을 것 같습니다."

홉고블린 사냥이 끝난 후 그쪽에 남은 아레오와 이곳에 도착하자마자 부상자들이 있는 곳으로 달려간 아나샤가 주술사들과 함께 즉각 치료를 했기에 이 정도 피해에 그친 것이다.

"부상자들에게 이 비약을 먹이도록."

중상만 아니라면 '골드비의 눈물'만 복용하더라도 병증이 한결 완화될 것이다.

"감사합니다!"

"그리고 이건 공을 세운 전사들에게 그대들이 직접 전해 주시오."

가오은 추가로 비약 200개씩을 꺼내어 바토르와 울바르에 게 주었다. 토벌을 직접 지휘한 그들이라면 비약을 받을 정도로 공을 세운 전사들을 파악하고 있을 것이다.

　　"알겠습니다. 그럼 일단 본부대에 50개를 전달하겠습니다."

　　"저희 역시 마찬가지입니다. 나가족 대전사장들을 포함한 본부대 전사들이 가장 큰 공을 세웠습니다."

　　뜻밖에도 두 오천인장은 나가라자들과 엘프족 전사들의 공을 가장 먼저 인정했다.

　　"괜찮겠소?"

　　"네. 그들이 아니었다면 누가 봐도 믿을 수 없는 이런 대승을 거두지 못했을 겁니다. 더 챙기고 싶지만 이쪽에도 챙겨 줘야 할 용맹한 전사들이 있어서 50개만 드리는 겁니다."

　　"독무나 신성진의 위력도 대단했지만 그 먼 거리에서 어둠을 뚫고 거의 같은 시간에 경계병들을 해치운 것은 물론 전투 시에 상대 수뇌부를 요격하는 궁술에 아주 감탄했습니다."

　　바토르와 울바르는 특히 엘프족 전사들의 활 솜씨에 크게 감명을 받은 것 같았다.

　　'좋은 현상이군.'

　　다른 종족임에도 불구하고 공을 인정한다는 것은 쉬운 일이 아니다. 더구나 양보하는 것이 치료 효과는 물론 심신의 피로를 단번에 풀어 주고 마나까지 늘려 주는 영약인 만큼

진심으로 상대를 인정하지 않고서는 할 수 없는 행동이다.

이렇게 서로의 능력을 인정하는 것이 화합의 기초라는 사실을 어느 정도 알고 있는 가온은 공략대가 단단해지는 것 같아서 내심 뿌듯했다.

뿌듯한 것은 나가라자들과 엘프족 역시 마찬가지였다. 이번 작전을 위해 전력을 기울인 것은 아니지만 동료들이 자신들의 공을 인정해 주니 자부심도 들었다.

가온은 그 자리에서 예하와 차링 그리고 시르네아에게 독무 능력을 발휘한 나가라자 여덟 명과 원소술사 여덟 명, 그리고 나머지는 공을 세운 엘프족 전사에게 비약을 나눠 주라고 지시했다.

그날 저녁, 숙영지의 분위기는 무척이나 밝았다. 첫 전투의 경우 거의 화살로 시작해서 화살로 끝났지만, 오늘의 토벌은 많은 대원들이 직접 참여해서 활약을 했다.

승전도 승전이지만 생명의 아공간으로 이주한 나가족들이 내놓은 엄청난 양의 반건조 물고기와 다양한 향신료를 이용한 희귀한 요리가 저녁 메뉴여서 대원들의 기분을 올려 주었다.

거기에 더욱 좋았던 것은 가온이 오늘 수고한 공략대원들을 위해서 보상으로 내놓은 엄청난 양의 맥주였다. 각자가 최소 세 잔은 마실 수 있는 어마어마한 양의 맥주가 주어진 것이다.

일부는 그런 엄청난 양의 맥주를 가온이 어떻게 여기까지 운반해 왔는지 궁금해했지만 대부분은 그런 것에는 관심이 없었다.

그저 순수하게 오랜만에 마시는 맥주 그 자체를 즐겼다.

원래 식사는 십인대 단위로 준비하고 해 왔기에 그만큼 다양한 요리가 만들어졌다.

이전이라면 이동하는 경우가 거의 없이 십인대끼리 식사를 했겠지만, 오늘은 달랐다. 술이 들어가서 그랬는지 아니면 함께 전투다운 전투를 치러서 이제까지 얼굴만 알던 이들과 어울리기를 원했다.

그래서 다른 십인대를 찾아다니며 비슷하면서도 맛이 다른 음식을 맛본다는 핑계로 이리저리 옮겨 다니면서 대화를 나누었고, 이전까지만 해도 이름만 들었던 다른 일족과 사교를 나누었다.

당연히 비약의 양보 건이 알려지면서 공략대의 분위기는 더욱 좋아졌다. 준 쪽도 아까워하지 않았고 받은 쪽은 인정을 받았다는 생각에 상대에게 호감을 가지게 된 것이다.

대전사장들도 서로 술잔을 나누며 사교의 장을 즐겼다. 특히 이제 한 식구나 마찬가지가 된 나가족과 엘프족의 경우 비밀을 공유해서 그런지 더욱 빠르게 친해지고 있었다.

오히려 갈기족의 경우 쉽게 가까워지지 못했다. 지금이야 어쩔 수 없이 한곳에 모여 살게 되었지만 초원의 지배권을 두고 오랫동안 싸워 왔기 때문에 쉽게 풀 수 없는 은원이 얽혀 있어서다.

그래도 지금 이 순간에는 은원을 내려놓고 즐겼다. 갈기족이라는 공통분모를 가지고 더 이상 초원과 접한 국가들에게 핍박을 당하고 싶지 않아서 일족의 미래를 걸고 이곳에 들어온 것이다.

덕분에 아무것도 하지 않은 리자드맨들까지 성찬을 즐겼다. 놈들에게는 잘 익은 홉고블린과 다크오크의 사체들이 주어졌다.

모두가 즐거운 밤이었다.

그렇게 승전을 통해 사가가 크게 올라간 공략대는 다음 날은 별다른 방해를 받지 않고 순조롭게 이동을 할 수 있었다.

하지만 숙영 준비를 하고 있을 때 높아진 사기를 단번에 꺾어 버리는 소식이 정찰대를 통해 들어왔다.

"정말 11마리나 되었습니까?"

공략대 수뇌부는 이미 옹고트와 가온에게 베헤모스에 대해서 들은 바가 있었지만, 정찰대가 가져온 소식에 새삼 심각해졌다.

말로 이틀 거리에 있는 거대한 초원 지대에 초대형 마수인 베헤모스가 무려 11마리나 서식하고 있다는 소식이었다.

"틀림없소. 워낙 거대한 몸집을 가진 놈들이기 때문에 내 눈으로 직접 확인할 수 있었소."

공략대에서 정찰대장의 직무를 수행하고 있는 소드마스터 롭이 직접 봤다니 정보의 진위는 더 이상 확인할 필요가 없었다.

"휴우! 두세 마리라면 몰라도……."

누군가의 혼잣말처럼 베헤모스가 무려 11마리라면 부담이 될 수밖에 없었다. 이전에 제국 공략대와 동행해서 던전에 들어왔던 갈기족 전사들이 본 베헤모스는 단 2마리에 불과했다.

"11마리가 맞을 거예요. 3마리는 새끼일 거고요. 가장 최근에 확인한 숫자가 여덟이었거든요."

아주 오래전부터 이곳에서 살아온 예하가 정찰 결과가 진실임을 다시 확인시켜 주었다.

베헤모스는 오우거나 트롤도 만나면 도망을 쳐야 하는 최상위 거대 마수다. 이제는 단절된 마계에서 연원한 마수라는 말이 정설인데, 정말 트롤이나 오우거도 사냥을 하는 놈이다.

베헤모스는 땅에서 머리까지 사람 키의 대여섯 배에 달하는 키는 물론, 그에 걸맞은 엄청난 체구로 긴 꼬리가 있다는 점과 코가 짧다는 점을 빼면 코끼리를 확대시켜 놓은 것 같은 초대형 마수였다.

생체 보호막은 물론이고 짧지만 검기로 겨우 잘라 낼 수 있다는 털이 밀생한 가죽은 오러블레이드가 아니면 베거나 찌를 수가 없으며 눈 깜짝할 사이에 수백 보를 날아오듯 달려와서 그 육중한 몸과 강철보다 단단한 이마로 받아 버리면 오우거도 온몸의 뼈가 다 부러진다고 했다.

보통 인적이 드문 대초원에 서식하는데, 일반적으로 채식을 하며 공격성을 보이지 않지만 자신의 영역에는 굉장히 민감해서 영역을 침범하는 적은 무자비하게 죽이며 그 사체를 뼈 하나 남김없이 먹어 치운다고 알려져 있다.

워낙 인적이 드문 곳에 서식하며 영역을 침범하지 않으면 공격하지 않는다는 점 때문에 사람들이 크게 위험하다고 생각하는 존재는 아니지만 사냥을 하려면 세상에 알려진 그 어떤 마수와 몬스터보다 더 위험한 존재가 바로 베헤모스다.

사실 베헤모스는 지금은 뤼나웜으로 인해 황폐화된 대륙 남부 밀림지대의 넓은 초원에도 서식했기 때문에 이곳 사람들도 놈에 대해서 대충은 알고 있었다.

그래도 긍정적인 면이 전혀 없는 건 아니다. 단 하나에 불과했지만 놈들은 동료 의식이 거의 없어서 자신의 새끼가 아니라면 다 성장한 자식이나 배우자가 공격을 받고 있어도 전혀 신경을 쓰지 않고 제 할 일만 하는 기이한 성격을 가지고 있었다.

"제가 전에도 말씀드렸듯 제국의 4차 공략대는 2마리를 상대로 무려 1천여 명에 달하는 인명 피해를 입고 던전을 나갔습니다. 그중에는 미스릴급 전사도 있었습니다. 시간이 많이 걸리더라도 피해 가지요."

옹고트가 먼저 의견을 개진했다.

"저도 그러는 것이 나을 것 같습니다. 베헤모스가 2마리라면 몰라도 11마리라면 피하는 것이 상책입니다."

크게는 세 부류, 작게는 열두 부류나 되는 만큼 가온의 결정이 나기 전까지는 이견을 보였던 공략대 수뇌부의 견해가 이 순간만큼은 완벽하게 일치했다.

"우회를 염두에 두고 살펴봤는데 초원의 왼쪽은 제대로 이동하기 힘들 정도로 쉽게 부서지는 재질의 암석으로 이루어진 암벽이고 다른 한쪽은 거대한 호수인데 사람 키를 훌쩍 넘기는 길고 억센 풀로 덮여 있었습니다."

롭까지 아예 우회할 것을 염두에 두고 정찰을 한 것이다.

"만약 우회하려면 더 멀리 돌아야만 할 거예요. 양쪽 모두 위험하니까."

롭의 정찰 내용에 귀를 기울이던 수뇌부는 나가라자 퀸 예하의 말에 눈이 커졌다.

"그게 무슨 말이죠?"

"정찰대장이 말한 대로 암벽 쪽은 쉽게 부서지는 재질의 암석으로 이루어져 있는데 잘못 밟으면 깊이를 알 수 없는 구멍에 빠지게 돼요. 무엇보다 그곳은 와이번을 비롯한 비행 마수의 사냥터인데 사람의 체중을 제대로 지탱할 수 없을 정도로 지반이 약해서 제대로 대항하기 힘들어요."

"그럼 다른 한쪽은요?"

아레오는 자신의 물음에 대한 예하의 대답에 인상을 쓰며 다시 물었다.

"호수를 따라 이동하는 것도 쉽지 않아요."

"맞습니다. 이전에 들어왔던 제국 공략대 중 하나도 호수를 따라 우회하는 길을 택했는데 비행 마수들의 공격으로 1천 명 이상을 잃었습니다."

옹고트가 첨언을 했다.

"그게 전부가 아니에요."

"네?"

"호숫가의 중간 부분은 수백, 아니 수천 년 이상 썩은 물이 고여서 만들어진 습지대라 헤아릴 수 없을 정도로 많은 독충들이 서식하는 곳이에요. 습지대가 편한 우리조차 들어가지 않는 금지라고 할 수 있지요. 습지대를 벗어나면 바로 베헤모스가 서식하는 초원이고요. 우회한다는 의미가 전혀 없어요."

나가족마저 들어가기를 꺼리는, 아니 금지라고 말할 정도로 끔찍한 곳이라는 얘기였다.

생각보다 우회 경로가 더 위험하다는 사실을 알게 된 수뇌들의 얼굴이 딱딱하게 굳었다.

"얼마나 더 돌아가야 그 지대들을 벗어날 수 있지?"

급기야 가온이 그렇게 물었다.

"왼쪽은 보름 이상, 오른쪽은 스무날 이상 돌아가야 해요. 둘 다 두세 개의 검은 강을 건너야 하고요."

"검은 강?"

"마족이 자리를 잡은 후 강물의 색깔이 검게 변한 강이에요. 마기와 극독으로 오염되었거든요. 마기로 인해서 변이한 마물들만 살 수 있는 검은 강은 날아가지 않으면 안 될 정도로 폭이 넓고 깊어요. 어지간한 배는 수생 마물들에게 여지없이 파괴될 거고요."

그렇다면 예하가 말한 것보다 훨씬 더 멀리 우회해야 한다는 것이다.

"그럼 이대로 물러나야 한다는 건가?"

"안전을 생각한다면요."

예하는 그렇게 말하면서도 한편으로는 기대를 했다. 가온은 의지와 기세 방출만으로 자신들을 제압해서 자신과 일족의 주인이 된 강자이니만큼 무언가 수를 발휘할 거라고 말이다.

"베헤모스를 사냥하도록 하지."

"……."

가온의 선언이 너무 충격적이었는지 장내는 한동안 조용했다.

"어떻게요?"

"소수 정예로 승부를 봐야지."

"하지만 소수 정예라고 해도 베헤모스에게 먼저 들키면 사냥이 어렵지 않을까요?"

아레오가 묻는 방식을 취했지만 사냥은 무리라는 속내를 드러냈다.

"가능해."

"뭐가요?"

"접근할 때까지 베헤모스들이 우리의 존재를 알아채지 못하도록 할 수 있는 방법이 있어."

그렇다면 얘기가 다르다. 베헤모스의 가장 강력한 공격 수단인 초가속에 이은 몸통 박치기 공격을 어느 정도 피할 수 있다는 얘기이니 말이다.

공략대 수뇌들의 눈빛이 어느새 강렬해졌다.

베헤모스를 상대할 특수부대가 편성되었다.

일단 검기를 능숙하게 다루어야 특수부대에 들어갈 수 있었다. 그리고 그들에게 축복을 내릴 아나샤와, 중독을 시켜 능력을 약화시킬 나가라자들은 반드시 필요했고, 만약을 위해 아레오는 필수였다.

원소술사들도 필요했다. 엄청난 속도로 돌진하는 베헤모스의 기세를 꺾고 사냥할 기회를 만들려면 말이다.

또한 가온의 강력한 주장으로 모라이족 전사 30명도 동행했다.

그렇게 선발된 200여 명은 다음 날 저녁 무렵에 홉고블린들이 위급할 때 도망치기 위해 건설한 땅굴로 들어갔다.

물론 땅굴 내부는 완전한 암흑이었기에 선두는 아레오가 발현한 라이트 마법에 의지하고 뒤쪽은 급조한 횃불을 들어야만 했다.

홉고블린들의 손재주가 뛰어나서 그런지 외부, 즉 지상과 통하는 환기구도 있는지 호흡에는 아무 문제가 없었지만 대원들의 이동을 방해하는 요소가 하나 있었다.

"젠장! 너무 어둡잖아."

횃불을 충분히 준비했음에도 불구하고 불빛이 미치는 범위는 위나 옆에 한정될 수밖에 없었고 대충 판 땅굴의 바닥은 굉장히 울퉁불퉁해서 대원 대다수는 튀어나온 부분에 걸려 넘어질 뻔한 위기를 수시로 겪어야만 했다.

그것만 사람들을 힘들게 하는 요소가 아니었다. 땅굴의 깊이가 대략 100보에 달했기 때문에 무척이나 후덥지근하고 텁텁한 것도 이동하는 데 큰 어려움을 주었다.

그래도 다들 검기를 능숙하게 사용할 정도의 능력자들이었기에 그런 불편함에도 불구하고 이동속도는 느리지 않았다.

특수부대는 거의 11시간에 걸쳐 강행군을 한 결과 목적지에 도착할 수 있었다. 다행히 땅굴은 직선으로 건설되었기에 말을 타고도 하루 이상 걸리는 거리를 단 10시간 만에 주파한 것이다.

위로 올라가는 땅굴의 입구는 이미 열려 있었다.

가장 먼저 올라간 바토르는 가온과 네 여인을 볼 수 있었다. 아레오, 아나샤, 차링, 그리고 예하였다. 그들은 비행이 가능한 가온과 함께 먼저 움직인 것이다.

"대장님!"

"아! 도착했군. 굴이 어두워서 힘들었을 텐데 여기까지 오느라고 수고가 많았소."

"아닙니다. 그런데 베헤모스는?"

"놈들은 아직 자고 있소."

던전의 흐릿한 태양은 이제 막 뜨고 있는 시간이라 사위는 아직 어둠이 완전히 가시지 않았다. 그러니 주행성 마수인 베헤모스가 자고 있는 것은 당연한 일이다.

"올라오라고 할까요?"

"아니오. 놈들의 예민한 감각에 걸릴 수도 있으니 일단 다시 내려갑시다."

푸토마는 후덥지근하고 어두운 굴 속으로 다시 내려가기는 싫었지만 어쩔 수가 없었다.

지하 깊은 곳으로 내려간 가온은 아레오에게 라이트 마법을 부탁한 후 자신이 특별히 요청해서 선발한 모라이족 전사들을 불렀다.

"부르셨습니까?"

모라이족 전사들의 실력은 다른 전사들에 비할 바가 아니었다. 공략대에 참가한 대부분의 전사들이 검기를 능숙하게 사용하지 못했기 때문이다. 그래서 가온이 왜 베헤모스를 상대할 특수부대에 자신들을 포함시켰는지 그들도 궁금했다.

"그대들이 해 줄 일이 있소."

"뭐든 말씀하십시오!"

모라이족 전사들을 대표해서 공략대에 참가한 툴란은 자신들이 할 일이 있다는 사실에 기쁜 얼굴로 말했다.

"일단 이곳에 우리 모두가 모여서 편하게 쉴 수 있는 공간을 만들어 주었으면 좋겠소. 가능하겠소?"

"당연합니다. 땅속에서 공간을 만드는 건 우리 모라이족이 드워프나 두더지보다 몇 수 위입니다. 게다가 이곳은 암석이 없어서 아주 좋은 작업 환경이군요."

행여 능력이 미치지 못해서 일족의 은인이 가온의 기대에 못 미칠까 봐 긴장했던 툴란이 이를 드러내며 대답했다.

"그럼 당장 시작하지."

"넵! 다들 들었지? 바로 나부터 시작할 테니 차례대로 자신이 맡을 공간을 정해서 작업을 시작해!"

그렇게 말한 툴란이 등에 메고 있던 배낭에서 기묘한 도구 한 쌍을 꺼냈다.

그건 일종의 장갑, 즉 건틀릿이었다.

그런데 툴란은 건틀릿을 양손에 끼는 것이 아니라 속에 있는 모종의 장치를 쥐는 것 같았다.

그러자 건틀릿의 다섯 손가락이 꽃잎처럼 활짝 펴지더니 빠르게 돌아가기 시작했다. 그리고 그 손가락들이 정면의 벽을 파고들었다.

"어엇?"

툴란이 하는 모습을 지켜보던 공략대원들의 눈이 커졌다. 어느새 툴란의 앞에 있는 벽에 구멍이 생기더니 무서울 정도로 빠르게 크기가 커졌고 얼마 후에는 새로운 동굴의 입구가 나타났다.

그런데 신기한 것은 땅속에 굴을 파면 당연히 나와야 할 흙이 보이지 않았다.

'호오! 회전력에 뭔가를 더해서 아예 흙 자체를 녹이는구나. 전투 장갑인 줄 알았는데 땅을 파는 데 특화된 도구였군.'

던전에서 모라이족을 처음 만났을 때 그들이 말했던 얘기가 생각났다. 변종 켄타우로스를 상대로 땅굴을 이용해서 오랫동안 싸웠다는 내용 말이다. 아마 이 도구를 활용해서 빠르게 땅굴을 팔 수 있는 모양이다.

툴란의 몸이 들어간 구멍의 크기는 대략 직경이 2미터에 달했는데 또 다른 모라이족 전사가 건틀릿 형태의 도구를 활용해서 반대편 벽에 구멍을 뚫기 시작했다.

세 번째 모라이족은 나머지 한 벽에 구멍을 뚫었고 이내 가온을 중심으로 공간이 커지기 시작했다.

그렇게 툴란에 이어 차례로 땅굴을 파기 시작하자 실내 공간은 빠르게 확장되었고, 채 1시간도 지나지 않아서 원래 가온이 서 있던 지점을 중심으로 특수부대원 모두가 들어갈 수 있는 거대한 동공(洞空)이 만들어졌다.

가온이 동공이 넓어지는 것에 맞추어 아공간에서 발광석을 꺼내어 천장에 적당히 집어넣자 동공은 점점 더 제법 멋진 공간으로 변해 버렸다.

"대단하네요."

키도 작고 왜소한 모라이족 전사들을 보고 왜 저들이 공략대에 포함되었는지 이해하지 못했던 많은 대원들이 감탄했다. 이런 재주를 지니고 있는 줄은 정말 몰랐기 때문이다.

그렇게 동공이 완성되자 가온은 고생한 모라이족 전사들을 미소로 칭찬했다.

"고생했소. 자, 이제 자리를 잡고 앉아서 제대로 쉬도록 합시다."

가온은 수고한 모라이족 전사들에게 골드비의 눈물을 보상으로 주고 사람들이 제대로 쉴 수 있도록 했다.

대원들은 그제야 바닥에 엉덩이를 붙이고 제대로 쉴 수 있었다.

'앉을 수 있다는 것이 이렇게 좋은 건지 몰랐네.'

이제 동공 내의 공기가 텁텁하고 후덥지근하다는 사실은

아무런 문제도 되지 않았다. 사실 잠깐 배를 채울 때를 제외하고는 줄곧 뛰다시피 했기 때문에 마나를 능숙하게 사용하는 대원들도 꽤나 힘들었다.

일부는 배가 고픈지 미리 받은 육포를 물과 함께 먹기 시작했다. 그 모습을 본 다른 대원들도 각자 지참한 육포나 빵 그리고 건과를 먹으면서 소모한 에너지를 채우기 시작했다.

적당히 식사를 마친 후 사람들의 이목이 가온에게 쏠렸다. 아직 정확한 작전 내용에 대해서는 설명해 주지 않았기 때문이다.

"내가 베헤모스 사냥을 주장한 것은 이유가 있소."

가온은 처음 땅굴을 보았을 때, 홉고블린들이 왜 이곳까지 엄청난 길이의 땅굴을 팠는지 궁금했다.

홉고블린의 천적은 많았다. 경쟁자인 다크오크는 물론이고 혼트롤이나 다크오우거, 그리고 비행 마수도 있었다.

하지만 가장 큰 천적은 바로 다크오크라고 생각했다. 초식동물들이 거의 사라진 이 던전에서 홉고블린을 가장 많이 공격하는 놈들은 당연히 다크오크였다.

다크오크는 홉고블린에 비하면 독을 제외한 모든 면에서 우월한 존재다. 목책이 깨지거나 넘어오면 놈들을 상대할 수단은 독밖에 없는데, 대롱을 사용하는 독침은 은밀한 기습의 경우를 제외하면 큰 효과가 없었다.

그렇기에 보신(保身)을 위한 최선의 방법을 강구한 것이 바로 베헤모스의 영역으로 이어지는 땅굴이라고 생각했다.

그런데 왜 이 던전에서 마족 다음으로 무시무시한 마수인 베헤모스의 영역으로 도피하는 것일까?

다크오크를 피해서 땅굴을 나오면 베헤모스 영역의 한가운데 있는 숲이다. 당연히 베헤모스에게 걸릴 수밖에 없었다.

그런 상황이 되면 홉고블린의 운명은 명약관화하다. 가볍게 부딪히거나 거목처럼 굵은 발에 밟히면 납작한 포가 되어 죽고 말 것이다.

그러니 홉고블린만이 알고 있는 베헤모스의 약점이 있을 터다. 그래서 한 가지 가능성을 떠올렸다.

'베헤모스는 후방을 인지하는 감각이 부족할지도 모르겠다.'

베헤모스는 영역에 굉장히 민감한 마수다. 먹이 활동을 하면서도 감각은 온통 영역의 경계를 향하고 있을 것이다.

실제로 가온이 비행 정찰을 할 때 봤던 베헤모스 2마리는 줄곧 머리를 영역 밖으로 향하고 있었다. 마족이 있는 언데드 필드의 위치를 확인하고 다시 돌아올 때 역시 마찬가지였다.

그래서 모라이족 전사들이 공동을 파는 동안 네 여인과 함께 굴 밖으로 나가서 베헤모스들을 관찰했는데 그의 추측이 맞았다.

실제로 그들과 그리 멀지 않은 곳에 있었던 베헤모스도 그들의 기척을 전혀 감지하지 못했기 때문이다.

'뒤나 아래를 통해 기습이 가능해.'

베헤모스 정도의 마수라면 은신을 한다고 해도 장담할 수가 없다.

'정면으로 접근한다면 말이지.'

가온의 이야기를 들은 대원들은 드러내거나 혹은 드러내지 않고 찬탄을 했다.

과연 누가 감히 최상급 초거대 마수인 베헤모스를 사냥할 생각을 할까?

'베헤모스를 사냥할 생각을 했기에 할 수 있는 추측이지.'

실제로 멀리 우회하거나 던전에서 물러나는 결론을 가장 먼저 떠올리고 입 밖으로 꺼낸 자신들의 경우 설령 땅굴의 존재를 알았어도 가온과 같은 추측을 하지 못했을 것이다. 맞는지 안 맞는지 간에 말이다. 그건 반드시 사냥하겠다는 의지에서 나올 수 있는 결과였다.

'우리와는 차원이 다른 분이다.'

모두의 머릿속에 떠오른 생각이었다.

"그럼 어떻게 사냥하실 생각인가요? 놈의 방호력이나 감각을 고려한다면 아무리 후방에서 은밀하게 접근해서 기습을 한다고 해도 제대로 효과를 보기가 힘들 것 같은데요."

새삼 가온의 대단함을 깨달은 예하가 경외와 동경의 감정을 감추지 못한 채 물었다. 너무 궁금했기 때문이다.

자신의 대보다 훨씬 더 강력한 능력을 가진 조상들도 감히 사냥할 엄두를 내지 못했던 베헤모스를 사냥한다니 너무 짜릿했다.

대원들은 베헤모스 사냥의 성공 여부를 떠나서 오랫동안 자부심을 품을 만한 순간이라고 생각했다. 만약 성공한다면 두고두고 자랑할 수 있는 엄청난 대사건이 될 것이다.

대원들의 뜨거운 시선을 받으면서 가온이 입을 열었다.

"내가 짧은 시간이지만 놈들을 살펴보고 구상한 작전은……."

가온의 얘기를 들은 대원들이 고개를 격하게 끄덕였다. 그런 대원들의 눈에는 정말 가능할지도 모르겠다는 기대가 가득했다.

'대장님의 추측이 사실이라면 베헤모스를 사냥할 수 있을지도 몰라!'

실로 절묘한 작전이었다.

그래서 더욱 모라이족 전사들에게 눈이 갔다. 이번 작전에서 모라이족 전사들의 역할이 그만큼 큰 것이다.

사람들의 시선에 모라이족 전사들은 애써 무덤덤한 얼굴을 유지하려고 했지만 입꼬리가 올라가고 얼굴근육이 푸들거리며 떨리는 것은 어쩔 수가 없었다. 자신들이 생각해도 이 작전의 성패는 자신들에게 달려 있었기 때문이다.

'힘이 좀 들기는 하겠지만 충분히 가능한 일이지.'

툴란은 공동을 만드느라 체력과 마나는 물론 심력도 많이 소모한 상태지만 당장 자신들에게 맡겨진 임무를 시작하고 싶어 엉덩이가 들썩거렸다.

"모라이족 전사들의 역할이 아주 중요해. 그러니 내가 준 비약을 먹고 빨리 힘을 회복하도록 해."

"네, 대장님!"

모라이족 전사들은 대답과 함께 일제히 골드비의 눈물이라는 이름의 비약을 마셨다.

'과연!'

마시는 순간부터 빠르게 몸 상태가 좋아지고 있었다.

모라이족 전사들은 엘프 전사들만큼이나 이 비약의 효과와 가치를 잘 알고 있었다. 일족의 어른들이 모두 참여해서 만들어진 비약이었다.

얼마 후 힘을 되찾은 모라이족 전사들은 각기 다른 방향으로 흩어져서 땅굴을 팠고 곧 모습을 감추었다.

"모라이족 전사들이 맡은 일이 제일 중요한데 대신하거나 도와줄 사람들이 없다는 사실이 좀 미안하네요."

아나샤의 말에 가온은 내심 좀 찔렸다. 당장 카오스의 능력만으로도 쉽게 작업을 마무리할 수 있었기 때문이다.

하지만 그럴 필요는 없었다. 추가 보상 때문이 아니었다.

처음 합류했을 때부터 꿔다 놓은 보릿자루처럼 겉돌았던 모라이족 전사들이 다른 전사들에게 톡톡히 인정을 받는 무대가 되었으니 말이다.

아마 결과가 예상한 대로만 된다면 모라이족은 큰 공을 세우는 것이니 그들의 위상을 고려해서라도 자신이 관여해서는 안 된다.

"온 랑, 그런데 저는 야밤에 베헤모스를 사냥하는 것이 좀 걸려요."

가온은 베헤모스 사냥을 낮이 아니라 밤에 하기로 했다. 시험 삼아서 자고 있는 베헤모스 주위를 돌아다녔는데, 기척을 느끼고 잠에서 깨기는 했지만 생각보다 시력이 뛰어난 것 같지는 않았다.

어떻게든 사냥 효율을 높이려면 놈의 약점을 이용해야 한다는 생각에 사냥을 낮이 아니라 밤에 하기로 한 것이다.

"베헤모스의 뛰어난 시력을 어느 정도 봉인하는 효과는 있겠지만 우리 측 역시 능력을 발휘하는 데 제약이 될 것 같아요. 이곳의 밤은 바깥보다 훨씬 더 어둡던데 아무리 전사들의 실력이 대단해도 마수인 베헤모스보다 잘 보고 느낄 수는 없잖아요."

아레오가 아까 회의를 할 때는 생각하지 못했던 문제를 제기했다.

그 얘기에 전투를 위해 심신을 정비하던 대원들이 일제히 그녀를 쳐다봤는데 눈빛이 복잡했다.

부정하고 싶지만 이곳의 밤은 공간을 감싸고 있는 반투명한 막으로 인해서 달빛이 워낙 흐릿해서 무척이나 어두웠다.

홉고블린과 다크오크를 토벌한 날만 해도 부락을 온통 불태웠던 화염이 아니었다면 목표를 제대로 보기도 힘들 정도로 어두웠다.

오늘이라고 다를 것 같지 않았다. 아무리 마나로 감각을 높인다고 해도 한계가 있었다.

더구나 상대는 가볍게 치기만 해도 상대인 인간은 수십 미터나 날아갈 정도로 강력한 초대형 마수가 아닌가.

"내가 생각해 둔 대안은 아나샤가 축복을 내려 육체 능력 전반을 높여 주는 거야. 그렇게 되면 베헤모스보다 뛰어난 시력으로 놈을 상대할 수 있을 거야."

물론 대낮과는 다를 것이다. 그래도 단순히 마나로 몸의 감각을 올리는 경우와 비교하면 크게 도움이 될 것이다.

가온 정도라면 모르지만 소드마스터 경지라고 해도 어둠은 문제가 된다. 특별한 스킬이나 뛰어난 시각을 가진 것이 아니라면 대낮처럼 볼 수 있는 것은 아니니 말이다.

그때 입을 연 사람이 있었다.

"그 점은 우리가 도울 수 있을 것 같아요."

바로 예하였다.

"어떻게 말인가요?"

"럭피스라는 물고기가 있어요. 굉장히 밝은 빛을 방출하는 혹이 매달린 더듬이로 먹이를 유인해서 전격을 방전하는 형태로 사냥을 하는 녀석이지요. 럭피스의 더듬이는 한번 마나를 주입하면 최소 반나절 이상 빛을 뿜어내요. 그 더듬이는 마침 어디에나 잘 붙어요. 그것을 사냥 목표인 베헤모스의 몸 곳곳에 붙인다면 사냥하는 데 도움이 될 것 같아요."

그러면서 허리에 차고 있는 주머니에서 뭔가를 꺼내 손바닥 위에 올렸는데, 생김새가 머리 부분이 크다는 것을 제외하면 꼭 통통한 지렁이처럼 보였다.

"빛의 강도는 어느 정도지?"

이번에는 가온이 물었다.

"밀랍으로 만든 초의 100배는 될 거예요. 워낙 혼탁한 물속에서 그 발광 혹을 이용해서 사냥을 하며 살아가는 녀석들이거든요."

"베헤모스의 감각을 피해 그것들을 놈의 몸에 고정시키는 것이 문제네요."

아레오의 말에 예하가 고개를 끄덕였다. 말은 쉬웠지만 이건 쥐 입장에서 고양이 목에 방울을 다는 것에 비견되는 일이다. 그래도 럭피스의 더듬이를 놈들의 몸에 고정시킬 수만 있다면 전투에는 큰 도움이 될 것이다.

"그 문제는 내가 해결하지."

아무래도 정령의 능력을 한 번은 써야 할 것 같았다. 공략대의 핵심 전력의 안전이 달린 심각한 문제이니 말이다.

그런데 문제가 생겼다.

—오빠.

'벼리야, 왜?'

가온은 벼리가 영력에 대해 조사한 것 때문에 부른 거라고 생각했지만 아니었다.

—베헤모스의 감각은 정령의 접근도 감지할 수 있을 정도로 뛰어나요.

'자는 중인데도?'

—네. 제가 베헤모스에 대해 언급한 사람들의 정보를 모은 결과에 따르면 놈은 수면 중에도 감각 일부가 활성화되어 있어요.

'그럼?'

—원소술사들을 이용하세요. 마법이라면 몰라도 원소력을 사용해서 만든 바람은 크게 신경 쓰지 않을 테니까요.

그는 생각하지도 못한 문제였지만 마침 벼리가 대안까지 찾아 주었으니 참으로 다행이다.

"차링, 혹시 이것들을 200보 거리에서 바람에 실어서 정확하게 베헤모스에게 날려 보낼 수 있나?"

200보의 거리는 이 밤에 자고 있는 베헤모스의 감각을 피할 수 있는 최소한의 간격이었다.

"가능한 일이에요."

차링은 갑자기 자신을 호명한 가온의 질문에 당황한 얼굴이었지만 자신감이 느껴지는 대답을 해 주었다.

그녀의 대답을 들은 사람들은 가온의 생각을 짐작하고 안도했다. 그 시도가 성공한다면 사냥의 효율과 안전도는 획기적으로 높아질 것이다.

"그럼 당장 나와 나가지. 예하, 가지고 있는 럭피스의 더듬이를 모두 줘 봐."

"네, 주, 아니 대장님."

예하가 넘겨준 럭피스의 더듬이는 양손을 모아 만든 공간을 가득 채우고도 남아서 차링까지 챙겨야만 했다.

준비는 완벽했다. 모라이족 전사들은 지상으로 올라가는 땅굴 50개를 팠고, 차링은 자고 있는 베헤모스의 거대한 몸 곳곳에 럭피스의 더듬이를 붙이는 데 성공했다.

모라이족 전사들은 가온이 당부한 대로 땅굴을 서로 연결되도록 만들었고 곳곳에 발광석을 부착해서 신속한 이동이 가능하도록 했다.

"한 곳을 네 명이 맡기로 하지. 다시 말하지만 맡은 굴 안쪽에 있는 공간에서 대기하고 있다가 굴이 무너지고 베헤모스의 발이 빠져드는 순간 전력을 다해서 발목을 벤 후 속으로 백을 세고 모라이족이 다시 뚫어 주는 굴을 통해 지상으로 나와서 베헤모스를 상대하면 되는 거야."

이번 작전의 핵심은 모라이족이 미리 쉽게 무너지도록 만든 굴에 베헤모스의 발이 빠지는 순간 대기하고 있는 공략대가 발목을 집중적으로 공격해서 기동력부터 뺏는 것이다.

　다만 어느 곳에 발이 빠질지 지하에서는 알 수가 없으니 모든 예정지에서 전사들이 대기를 하고 있어야만 했다.

　자정을 넘긴 새벽, 전사들은 물론 지상으로 올라가는 땅굴을 팔 준비를 갖춘 모라이족 전사들의 배치가 끝났다.

　가온은 홀로 지상으로 올라갔다.

　'내가 해야 할 일이 가장 중요해.'

　혹시 몰라서 갓상점에서 스킬 진화권을 구입해서 C등급이었던 질주 스킬을 A등급으로 올렸고, 그동안 쓰지 않고 아껴 두었던 능력치 포인트 중 100을 민첩에 투자한 덕분에 몸은 날아갈 것처럼 가벼웠다.

　그가 할 일은 자고 있는 베헤모스를 모두 깨우고 땅굴을 파 둔 지역으로 끌어들이는 것이다. 각개 격파를 위해 적당한 거리를 두어야만 했기에 거대한 몸집에도 순간 가속도를 이용한 박치기 공격이 무서운 베헤모스를 상대로는 더욱 어려운 일이었다.

　지상은 무척이나 어두웠다. 던전의 반투명한 막을 투과해서 들어오는 달빛이 거의 없었기 때문이다.

　'그나저나 던전은 참으로 신비하네.'

　분명히 격리된 공간임에도 불구하고 이런 초지 환경의 던전에서도 기상 현상은 끊임없이 변화한다.

그건 던전의 환경 자체는 원래 차원의 영향을 받고 있다는 말이다. 즉, 던전은 물리적으로는 불가능하지만 두 차원에 걸쳐져 있는 것이 분명했다.

'그렇다는 건 어떤 식으로든 던전의 원래 차원으로도 통할 수 있다는 거 아닐까?'

왜 게이트는 이쪽에만 있는 걸까? 만약 반대편 차원으로 건너갈 수 있다면 던전의 비밀 한 꺼풀은 벗겨 낼 수 있을 텐데.

갑자기 든 의문이 순식간에 머릿속을 가득 채웠지만 가온은 그런 생각을 할 때가 아니기에 거칠게 머리를 흔들어 잡념을 비워 냈다.

나이트비전을 활성화시킨 가온은 벌써 전신에서 발광하는 럭피스의 더듬이를 통해 베헤모스들의 위치를 확인하고 질주 스킬을 펼쳤다.

과연 200보 안으로 진입하는 순간 무릎을 꿇은 자세로 자고 있던 베헤모스가 거대한 눈을 떴다.

이제 약을 올릴 차례다.

슈욱! 슉!

발을 멈춘 가온은 앙헬이 전해 주는 강철 창을 베헤모스를 향해 빠르게 던졌다.

마나가 주입된 강철 창은 생체 보호막은 물론 가죽까지 가볍게 뚫고 들어가서 거대한 몸통에 깊이 박혔지만 베헤모스는 별 반응이 없었다.

'그럴 줄 알았지.'

아파트 5층에 해당하는 키와 거대한 몸집을 가진 베헤모스는 질기고 굵은 가죽 안쪽에 창의 길이를 넘어서는 엄청난 두께의 지방층을 가지고 있었다.

가온은 투창으로 놈을 어떻게 하려는 의도는 없었다. 미리 창으로는 놈을 어떻게 할 수 없다는 사실을 잘 알고 있었으니 말이다.

쾌보를 사용해서 순식간에 놈에게 달려가는 가온의 손끝에서 시퍼런 전격이 방출되더니 매질인 공기를 타고 베헤모스를 향해 날아갔다.

꾸아아아악!

옆구리와 허벅지에 골고루 박힌 강철 창의 손잡이를 타고 몸 내부로 흘러 들어간 전격에 베헤모스가 천지가 떠나가라 할 정도로 엄청난 비명을 질렀다. 열 곳에 동시에 가해지는 전격 공격은 놈에게 치명적인 부상을 입힐 정도는 아니지만 고통을 느끼게 할 정도는 된 것이다.

파아앙!

몸을 일으킨 베헤모스가 몇 걸음 걷는 것 같더니 순식간에 눈앞에 나타났는데 뒤늦게야 파공성과 바람이 느껴졌다. 정말 놀라운 순간 가속도였다.

'이것이 베헤모스의 고유 능력인 초가속이구나.'

초가속은 준비 단계도 없이 가속해서 순식간에 최대 속력으로 달리는 능력이다.

가온은 놀라지 않았다. 이 점에 대해서는 이미 대비하고 있었기 때문이다.

사악!

놈의 거대한 몸이 눈앞에 보이는 순간 그의 몸은 10여 미터나 옆으로 이동한 상태였다. 그리고 그런 그의 손가락에는 푸르스름한 뇌전구가 맺혀 있었다.

츠즈즈즈.

또다시 전격 열 줄기가 강철 창들을 직격하더니 베헤모스의 거대한 몸속으로 사라졌다.

꾸아아아악!

다시 한번 천지가 진동하는 비명과 함께 베헤모스의 눈알이 시뻘겋게 변했다. 고통과 분노에 사로잡힌 것이다.

파아앙!

아까와 달리 불과 10여 미터밖에 떨어지지 않았으니 베헤모스의 몸은 마치 순간이동이라도 한 것처럼 대기를 거세게 밀어내며 이동했다.

하지만 그곳에 있어야 하는 가온의 몸은 이미 10여 미터 떨어진 다른 곳으로 이동한 상태였다. 그리고 이번에도 여지없이 전격 공격이 가해졌다.

그렇게 베헤모스와 가온의 숨바꼭질이 시작되었다. 가온은 강철 창이 박힌 베헤모스의 옆구리 쪽으로 끊임없이 움직였고 베헤모스는 이제 눈 전체가 화염이 솟아 나오는 것처럼 시뻘겋게 변해서 그를 들이박으려고 계속 움직였다.

그렇게 움직이던 베헤모스의 몸이 어딘가에 걸린 것처럼 중간에 멈칫했다.

'걸렸다!'

모라이족 전사가 뚫어 둔 땅굴 근처를 빙빙 돈 보람이 있었다. 두 아름은 넘을 것 같은 놈의 굵은 발목, 그것도 디딤돌 역할을 하는 뒷 발목이 무게를 이기지 못하고 무너진 구덩이에 깊이 빠져 버린 것이다.

이제 자신이 이놈을 상대로 할 일은 끝났다. 아니, 하나 남았다. 빠진 발목을 곧바로 꺼내지 못하도록, 발아래에 있는 인간들의 존재를 감지하지 못하도록 전격 공격을 가하는 것이다.

꾸아아아아아!

가온은 그 어느 때보다 더 고통스러운 비명이 새벽 대기를 뒤흔드는 것을 들으며 다른 먹잇감을 찾아갔다.

후두둑.

푸토마는 마치 무너질 것처럼 흙가루가 떨어지는 천장에 금이 가는 것을 확인하고 공동으로 되돌아갈 것을 진지하게 고민했다.

만약 베헤모스의 몸무게를 이기지 못하고 밟았을 때 천장이 무너지기라도 하면 자신은 몰라도 검을 휘두를 수 있는 충분한 거리를 두고 양쪽에 두 명씩 서 있던 다른 대원은 제대로 피하기 힘들 것이다. 베헤모스의 발이 눈으로 보이지 않기 때문에 불안감이 더 강렬했다.

'아니야. 믿자.'

애초에 이 공간을 만든 모라이족 전사들은 절대로 무너지지 않을 것이라고 장담했다.

다른 세 대원을 바라보니 다들 불안감을 이기지 못하고 눈알을 이리저리 굴려 대고 있었다.

"지층이 흔들리는 것을 보면 베헤모스가 움직이는 것 같다. 자신이 쓸 수 있는 전력을 기울여야 할 것이다."

그러면서 손에 쥔 곡도에 마나를 최대로 주입하자 검명과 함께 선연한 푸른 빛깔의 오러블레이드가 검신 밖으로 쑥 빠져나왔다.

그렇게 같은 조의 조장이라고 할 수 있는 푸토마가 오러블레이드를 뽑아내자 불안해하던 세 대원 역시 무기에 마나를 최대로 주입해서 검기를 최대한으로 뽑아냈다.

'제법이군.'

둘은 다른 부족 출신이고 하나는 달리이트족 전사인데 셋 모두 길이도 그렇지만 두꺼운 검기를 단숨에 뽑아내는 것으로 보아 계기만 주어지면 검사를 생성할 수 있을 것 같았다.

'그 정도이니 선발이 되었겠지.'

그런 생각을 하고 있을 때 또다시 거센 진동과 함께 머리 위에서 흙가루가 뿌옇게 떨어졌지만, 푸토마는 흔들리지 않고 눈앞에 공간을 주시했다. 그 공간의 위쪽으로는 만약 베헤모스가 밟으면 무너질 정도의 흙이 자리하고 있었다.

파앗!

갑자기 앞쪽에 컴컴해지면서 흙가루가 안개처럼 콧속으로 스며들었다.

"지금이야!"

이제까지는 발광석 덕분에 주위를 보는 데 아무 문제가 없었던 점을 고려하면 눈앞의 공간을 가득 채운 것은 베헤모스의 발일 것이다.

뿌옇게 시야를 가리는 흙가루가 걷히기를 기다릴 여유가 없었다. 베헤모스의 한 발이 비록 함정에 빠지기는 했지만 순식간에 빠져나갈 테니까.

푸토마는 기합성도 없이 전력을 다해서 오러블레이드를 휘둘렀다.

'제발 발목이길!'

아무리 소드마스터라고 해도 창졸간에 눈앞을 가리는 엄청난 양의 흙가루 속을 뚫어 볼 능력은 없었다. 그저 명령받은 대로 전력을 다해서 곡도를 휘두르는 것이 최선이다.

스걱!

1미터에 달하는 오러블레이드의 길이만큼 강한 저항감이 느껴지는 뭔가를 자르는 감각을 느낄 수 있었다.

베헤모스의 발이 빠져나간 듯 다시 눈앞이 환해졌을 때 모라이족 전사의 외침이 들렸다.

"이쪽입니다!"

그의 목소리를 따라 몸을 날린 푸토마는 급경사이긴 하지만 지상까지 뚫린 땅굴을 발견할 수 있었다.

뒤를 따르는 세 전사를 감지한 푸토마는 전력을 다해 굴 위로 뛰어 올라갔다.

땅 위로 올라온 푸토마의 눈에 작은 산만큼이나 거대한 베헤모스가 한 발을 접은 상태로 들어 올리고 고통에 가득한 비명을 지르는 모습이 들어왔다.

'성공했군.'

접힌 베헤모스의 한 발은 발목 부위가 절반 정도 잘린 상태로 덜렁거리고 있었다. 자신의 오러블레이드가 잘라 낸 부위가 먼저 눈에 들어왔고 제법 깊이 파인 다른 상처들도 보였다.

곧 베헤모스를 중심으로 30보 정도 거리의 지면에서 다른 대원들이 올라오기 시작했다.

그중 한 명은 이번에 합류한 나가족의 나가라자였는데 땅 위로 올라오기가 무섭게 몸을 부풀렸다.

'거대화 스킬이군.'

순식간에 10미터가 넘는 거인으로 변한 그의 손에는 거대한 방패가 들려 있었다.

'저들의 선대가 남긴 가죽으로 만든 거라고 했지.'

마법이 아니라 주술로 만들어진 방패는 본래는 팔뚝에 찰 정도로 작지만, 순식간에 크게 확대되어 거대화된 나가라자의 몸을 가릴 정도였다.

거인으로 변신한 나가라자는 쥐고 있던 삼지창을 발목이 절반이나 잘려 나간 고통에 광란하는 베헤모스를 향해 던졌다.

푹!

자루가 겨우 보일 정도로 깊이 박힌 창으로 인해 정신을 차린 베헤모스의 시뻘건 눈알이 나가라자를 향했다.

파앙!

마치 공간이동을 하듯 30보의 거리를 단숨에 좁힌 베헤모스의 이마가 나가라자를 박았다.

꽝!

쿵! 쿵! 쿵!

충돌음은 마치 폭발음처럼 강력했지만 나가라자는 여전히 방패를 든 상태로 뒤로 세 걸음 물러났을 뿐이다. 나가라자가 마나를 있는 대로 끌어 올려 방패와 육체를 강화시킨 결과이기도 하지만, 베헤모스의 특기인 초가속이 제대로 먹히

기엔 거리가 너무 가까웠고 큰 상처가 난 발목 때문에 바닥을 제대로 지지하지 못해서 충분한 파괴력이 실리지 않은 것이다.

"투창!"

지상으로 올라오기 무섭게 모라이족 전사들에게 전해 받은 강철 창을 쥔 대원들은 강철 창에 마나를 주입한 후 베헤모스를 향해 던졌다.

푹! 푹! 푹!

섬뜩한 파육음과 함께 열여덟 자루나 되는 강철 창이 아까 나가라자가 던진 창이 그랬듯 베헤모스의 몸 곳곳에 자루만 남긴 채 깊이 박혔다.

그것만이 아니다. 또 다른 나가라자가 입을 벌리자 엷은 푸른색을 띤 연기가 베헤모스의 몸을 덮어 버렸다. 마비독이었다.

하지만 베헤모스는 아무런 타격도 받지 않은 듯 놈의 시뻘건 눈알은 여전히 방패를 들고 있는 나가라자를 향하고 있었다.

그때였다. 나가라자와 함께 유일하게 창을 던지지 않은 나가족 전사가 손에 쥐고 있던 혼트롤의 검은 뿔에 뇌전력을 주입했는데, 시퍼런 전광을 방출하는 뿔의 끝부분은 베헤모스를 향하고 있었다.

푸츠츠츠.

혼트롤의 뿔에서 방출된 전격은 베헤모스의 몸에 깊이 박힌 창 자루를 직격하더니 놈의 몸 전체를 덮고 있는 수분을 매개로 사방으로 퍼져 나갔고 특히 다른 창의 자루를 타고 베헤모스의 몸 내부로 흘러 들어갔다.

꿰에에에에!

귀청이 떨어져 나갈 정도로 엄청난 비명이 거대한 베헤모스의 아가리에서 터져 나왔다.

혼트롤의 뿔이 방출했던 전격은 순식간에 사라졌다. 대부분 창을 통해 놈의 몸 안으로 흘러 들어간 것이다.

"공격!"

푸토마는 놈의 앞발을 향해 날아가듯 달려가며 이미 생성한 오러블레이드를 휘둘렀다.

꽈직!

'이런!'

절삭음 대신 뭔가 부서지는 소리가 들렸다. 어느새 베헤모스가 살짝 앞발을 들어 올리는 바람에 그의 오러블레이드는 2미터에 이르는 거대하고 날카로운 발톱과 충돌해서 부숴 버린 것이다.

그래도 발톱이 부러지는 과정에서 만만치 않은 고통을 느꼈는지 근육이 순간적으로 굳을 정도로 강력한 살기를 발산하는 베헤모스의 거대한 붉은 눈이 푸토마에게 향했다.

그때 뒤로 5미터 정도 물러났던 거인의 입에서 굉량한 목소리가 터져 나왔다.

"네 상대는 나다!"

나가라자는 그 소리와 함께 다른 창 하나를 던졌는데 공교 롭게도 베헤모스의 두 눈 사이를 직격했다.

창이 부러진 상태로 튕겨 나가는 순간 베헤모스의 시선이 푸토마에서 나가라자에게로 향했다.

파앙!

꽝!

순간 이동하듯 이동해서 나가라자를 들이박는 베헤모스의 대가리를 또다시 방패가 막아 냈는데, 아까와 다른 점은 나 가라자가 이번에는 두 걸음 반만 물러났다는 것이다.

그 점을 확인한 공략대원들의 눈빛이 강렬해졌다. 나가라 자의 능력이 순간적으로 높아졌을 리는 만무하니, 베헤모스 의 공격력이 약화된 것이다. 즉 방금 전의 전격이 전투력을 제대로 깎은 것이다.

하지만 푸토마는 진짜 이유를 알 수 있었다.

'한쪽 발목이 거의 잘리다시피 한 상태라서 디딤발의 역할 을 제대로 할 수 없는 거구나.'

연속해서 공격이 집중된 한쪽 발목은 덜렁거리고 있어서 이제 거의 떨어져 나갈 것 같은 상태가 되었다. 한 발로는 제 대로 바닥을 디딜 수가 없기에 어쩔 수 없이 덜렁거리던 발 까지 사용한 것이다.

'잡을 수 있다!'

사실 베헤모스에 대해서는 남들만큼만 알고 있지만 가장 강력한 공격 방법이 초가속을 이용해서 순식간에 공간을 넘듯 빠르게 돌진해서 들이박는 것이란 사실은 잘 알고 있었다.

놈은 가장 강력한 공격 수단 하나를 제대로 활용하지 못하는 상황이고, 가온이 명령한 대로 나가라자가 제대로 놈의 어그로를 끌고 탱커 역할을 해 주고 있으니 사냥을 못 할 자신이 없었다.

"쳐!"

대원들의 공격이 다시 재개되었다. 물론 이번에는 다들 깨달은 바가 있는지 놈의 남은 세 발목을 노린 공격이었다.

퍽! 퍽! 퍽!

검기가 가격한 무릎의 경우 살이 깊이 파이고 피가 흘러나왔지만 뼈는 아직 멀쩡했다.

하지만 오러블레이드나 검사가 가격한 부위는 가죽과 살 그리고 뼈까지 일부 잘라 낼 수 있었다.

쿠에에에에!

쿠웅!

베헤모스가 고통 어린 비명과 함께 드디어 주저앉았다. 푸토마가 직접 공격했던 앞발 하나가 거의 잘려 나간 것이다.

"꼬리 공격을 조심해!"

푸토마의 외침에 베헤모스가 주저앉는 것만 보고 몸을 날리려고 했던 대원들이 이제까지는 축 늘어져 있던 긴 꼬리

쪽을 주시했다.

주의는 적절했다. 베헤모스의 꼬리는 길이가 거의 20미터에 육박했는데, 날카로운 가시가 돋아나 있었고 마치 채찍처럼 대원들을 향해 빠르게 날아가고 있었다.

대원들은 검기를 능숙하게 사용할 수 있는 실력을 가진 만큼 현란한 궤적을 그리며 빠르게 날아오는 꼬리를 제대로 피할 수 있었다.

하지만 시간이 좀 지나자 지친 대원들은 잔상이 남을 정도로 빠르게 움직이는 꼬리를 피하지 못하고 무기로 받아쳐야만 했다. 그리고 그때 사람들은 꼬리의 위력이 엄청나다는 사실을 깨달을 수 있었다.

까앙!

검기와 부딪힌 꼬리는 아무런 손상도 받지 않고 오히려 압도하며 대원을 찢어 버릴 듯 날아왔다.

설마 자신의 검기가 통하지 않을 거라고는 생각하지 못했던 대원은 아주 잠깐 멍하게 서 있다가 하마터면 머리통이 박살 날 뻔했다. 푸토마가 꼬리 공격을 오러블레이드로 대신 받아 내지 않았다면 말이다.

"모두 꼬리 공격을 조심해!"

다들 베헤모스의 꼬리가 오러블레이드에도 크게 손상받지 않은 모습을 목격했기에 자신도 모르게 내려놓았던 경각심을 다시 날카롭게 세워야 했다.

춘풍

그렇다고 베헤모스의 꼬리 공격이 무적은 아니었다. 꼬리의 공격권 밖에 있는 대원들은 마나를 최대로 주입한 자신의 무기를 마음껏 휘두를 수 있었다.

그 모습을 확인한 푸토마의 가슴이 빠르게 뛰었다.

'이대로라면 시간이 문제일 뿐 베헤모스를 사냥할 수 있어!'

소드마스터 경지에 올랐지만 감히 사냥할 엄두도 내지 못했던 베헤모스였다. 그런 최상급 초거대 마수를 제대로 사냥하는 역사적인 순간이 바로 지금이니 감격하지 않을 수 없었다.

하지만 벌써 이런 마음을 품을 수는 없었다. 푸토마는 들끓는 흥분을 애써 가라앉히며 대원들의 움직임을 면밀하게 살피면서 주위에 널려 있는 강철 창을 잡아들었다.

'제대로 두개골을 부술 수 있어야 해!'

베헤모스의 몸집이 아무리 거대하다고 하더라도 급소는 명확하다. 뇌와 심장이다. 다만 심장은 마나를 주입한 창으로도 쉽게 닿을 수 없으니 머리를 노려야만 했다.

사방에서 쏟아지는 검기와 검사 세례에 정신을 차리지 못하고 맹렬히 꼬리를 휘두르고 있는 베헤모스의 움직임을 주시하고 있는 푸토마의 눈이 매섭게 빛났다.

베헤모스는 날파리처럼 몸 주위를 날아다니며 상처를 만드는 인간들에 분노한 듯 가끔 전력을 다해 몸을 일으키려고 했지만, 그때마다 기다렸다는 듯 나가족 전사가 혼트롤의 뿔을 이용해서 전격 공격을 하자 빠르게 힘이 빠지는 것 같았다.

푸토마는 그때 기회를 잡아서 창을 던졌지만 안타깝게도 마나가 주입된 창도 놈의 견고한 두개골을 부수지는 못했다.

'제기랄! 이 정도의 방호력이라니.'

그렇다면 오러블레이드를 사용해야 하는데 놈은 지치지도 않는지 꼬리를 마치 채찍처럼 여전히 빠르게 휘두르고 있어 기회를 노리는 것도 쉽지 않았다.

회심의 공격이 무위로 돌아가자 푸토마는 베헤모스의 말도 안 되는 방호력에 지치는 기분이었다. 아무리 검기와 검

사 그리고 오러블레이드로 놈의 몸을 갈라도 놈에게 고통만
줄 뿐 끝장을 내지 못하고 있었다.

이대로 시간이 더 흘러간다면 흥분 때문에 전력을 다하고
있는 공략대 측이 오히려 더 빨리 지칠 수도 있었다.

그 증거로 벌써 세 명이나 놈의 꼬리에 맞아 전장에서 이
탈해서 치료를 받는 상황이다. 꼬리는 검기를 두른 검을 부
수고 방어구까지 찢어 버릴 정도로 강력한 위력을 가지고 있
었다. 그 때문에 대원들은 마무리를 못 하고 있었다.

'이대로라면 오히려 우리가 당할 수 있어.'

푸토마가 손해를 감수하고 놈의 머리통 깊숙이 오러블레
이드를 박아 넣을 생각을 하고 있을 때였다.

갑자기 하늘에서 나타난 가온이 아래를 향해 창 한 자루를
내리꽂았다.

푹!

꽈앙!

오색 창연한 빛을 뿜어내던 창은 자루조차 보이지 않을 정
도로 깊이 베헤모스의 머리통을 파고들었고, 이내 강력한 폭
발음과 함께 놈의 머리통이 심하게 경련을 하더니 귀와 코에
서 연기가 흘러나왔다.

털썩!

주저앉은 상태로도 공략대의 공격을 여유롭게 받아 내고
오히려 꼬리를 이용해서 치명적인 공격을 하던 베헤모스의

부서진 머리와 함께 몸이 옆으로 쓰러졌다.

"……드디어 죽었다!"

누군가의 혼잣말에 다들 비틀거리거나 그 자리에 주저앉았다. 힘이 빠져 버린 것이다.

대원들은 최선을 다해서 잘 싸웠다. 사냥이 끝난 후에는 소드마스터들을 제외하고는 너 나 할 것 없이 다들 그 자리에 주저앉거나 벌렁 누워 버릴 정도로 최선을 다한 것이다.

베헤모스의 방호력도 그렇지만 꼬리 공격이 워낙 강력했다.

그래도 다들 얼굴은 밝았다. 불가능할 것 같았던 베헤모스 사냥에 성공한 것이다.

가온은 베헤모스 11마리 중 7마리의 숨통을 끊었다. 새끼를 포함한 나머지 4마리는 시르네아를 비롯한 전사단장들이 처리했다.

덕분에 레벨도 무려 4나 올랐고 파워드레인 스킬로 엄청난 양의 에너지도 흡수할 수 있었다. 물론 가온의 레벨이 워낙 높기 때문에 이제 베헤모스 정도로는 더 이상의 추가 보상은 없었다.

"피해 상황은?"

부상자를 돌보고 있던 아나샤와 아레오에게 물었다.

"다행히 죽은 대원은 없지만 중상자가 열둘이나 돼요."

중상이라면 두 사람의 치료는 물론이고 가온이 미리 주었던 골드비의 눈물로도 치료할 수가 없었다. 이 세계의 치료 마법이나 신성력을 이용한 치료술은 그 정도로 효율이 높지 않았기 때문이다.

그래도 병증이 악화되는 것은 막았을 것이고 그럼 치료할 수 있었다.

"이것들을 먹여 봐."

가온은 중상자의 수에 맞추어 아공간에서 중급 치료 포션을 꺼내 주었다.

"온 랑, 이게 뭐예요?"

아레오는 하늘빛의 맑은 액체가 담겨 있는 조그만 병을 보고 신기해하며 물었다.

"외상과 내상을 동시에 치료할 수 있는 약이야. 중급이지."

"혹시 갓상점?"

아나샤가 알았다는 얼굴로 묻자 가온은 고개를 끄덕였다.

"이런 것도 있었구나!"

아레오는 갓상점이 알면 알수록 더 대단하다는 생각을 했다. 중급이 있다면 상급은 물론 최상급도 있을 테고 상급은 몰라도 최상급이라면 죽은 자도 살릴 수 있지 않을까 생각했다.

두 사람이 지금은 원소술사들이 맡고 있는 부상자들에게

향하자 가온은 푸토마, 시르네아, 바토르, 울바르, 헤알, 예하 등 강자들 비교적 멀쩡한 단장들을 불렀다.

"베헤모스 사냥에 참가한 대원들은 나중에 던전이 클리어되면 만족할 보상을 받을 수 있겠지만 일단 오늘은 이것으로 만족하도록 하시오."

가온이 나눠 준 것은 단숨에 심신의 피로를 씻어 줄 뿐 아니라 마나의 양까지 증가시켜 주기 때문에 소드마스터들도 욕심을 내는 골드비의 눈물이었다.

치료를 받는 동료들만큼은 아니지만 대다수가 약한 내외상을 입은 대원들은 가온의 보상에 환호성을 질렀다. 이제야 정말 자신들이 베헤모스를 사냥했다는 사실이 실감 난 것이다.

그렇게 가온이 푼 골드비의 눈물과 치료 포션 덕분에 경상자는 물론 중상자들도 부상을 치료하는 데 한나절이 걸렸다.

통신기로 이쪽 사실을 전했기 때문에 대기하고 있던 나머지 공략대원들이 이쪽으로 올 예정이기에 이쪽은 움직일 필요가 없었다. 그저 푹 쉬면서 힘을 되찾기만 하면 되는 것이다.

그런데 나머지 공략대원들은 말을 타고 하루 거리임에도 불구하고 반나절 만에 도착했다. 혹시 몰라서 연락이 오기 전에 미리 출발했다고 했다.

그 바람에 공략대는 베헤모스의 영역 중앙에 숙영지를 차리고 그날 하루는 잘 먹고 푹 쉬었다. 베헤모스를 사냥을 한 측도 그렇지만 동료들의 소식을 기다리면서 노심초사했던 다른 측도 마음고생을 했기에 푹 쉴 필요가 있었다.

베헤모스를 무려 11마리나 사냥하는 데 성공해서 그런지 공략대의 사기는 더 이상 높아질 수 없을 정도로 올라갔다.

한편 검기를 사용하는 일부 대원들은 베헤모스 사체에서 마정석을 적출해서 가지고 왔다.

"초월급이 있다는 말은 들었지만 처음 봐요!"

농담이 아니라 어린아이 머리 크기의 거대한 마정석을 본 아레오의 눈이 휘둥그레졌다.

'초월급 마정석을 지닌 것치고는 전투 방식이 너무 단순했어.'

가온은 그렇게 생각했지만 다른 이들의 생각은 달랐다. 모라이족의 능력을 사용해서 구덩이에 빠트려서 발목 하나를 못 쓰게 만들지 않았다면, 소드마스터라도 겨우 도망칠 수 있을 뿐 사냥은 엄두도 내지 못했을 거라고 생각했다.

그만큼 베헤모스의 초가속을 이용한 박치기 공격이나 오러블레이드로도 쉽게 잘라 내지 못하는 긴 꼬리 공격은 엄청난 위력을 가지고 있었다.

"이 마정석들은 나중에 배분하도록 하지."

마정석은 11개에 불과하니 사냥에 참가한 대원들에게 골고루 나눠 줄 수가 없었다.

"아닙니다. 안 그래도 저희끼리 얘기를 했는데 이것들은 대장님이 챙기는 것이 맞습니다."

바토르가 단정들을 대표해서 말했다.

"내가 가지라고?"

"네. 충분히 자격이 있으시니까요. 저희 대원들의 경우 베헤모스를 사냥해 봤다는 경험을 할 수 있었다는 점과 진귀한 비약을 먹은 것만으로도 대가는 이미 받은 것이나 다름없습니다."

가온은 아무래도 이건 아닌 것 같다는 생각이 들기는 했지만, 그렇다고 11개에 불과한 마정석을 불평불만이 나오지 않도록 나눌 수 있는 방법이 없다는 생각에 그냥 챙기기로 했다.

사실 이 세상은 탄 차원처럼 마법이 발달하지 않았기에 마정석의 쓰임은 한정적이긴 했다. 마나 감응력이 높거나 이제 막 마법을 배우는 이들이 마력을 주입시키는 방식으로 순화를 시켜 마법사가 실력 이상의 고차원적인 마법을 시전하는 보조 수단으로밖에 사용하지 않으니 말이다.

물론 앞으로는 달라질 것이다. 미세 마정석을 이용한 마도구들이 속속 출현하면서 이른바 마도공학은 빠르게 발달할 것이고, 이제까지 마법사의 전유물이었던 마나석도 다른 용처에 사용될 테니 말이다.

아무튼 현재로서는 초월급 마정석이라고 해서 갈기족에게 엄청난 가치를 지닌 것이 아니기에 가벼운 마음으로 받을 수 있었다.

그렇게 모두에게 뜻깊은 하루가 지나가고 있었다.

저녁 식사를 차를 마시며 어느 정도 대화를 나눈 후 가온이 아레오와 아나샤를 데리고 자신의 천막으로 들어가더니 이내 불이 꺼지는 모습을 본 예하의 입이 튀어나왔다.

"저 두 사람이 부인은 아니지?"

물어본 대상은 차링이었다. 붙임성이 좋은 예하는 어느새 차링과도 꽤 친해진 상태였다.

"부인이나 마찬가지죠. 매일 같이 자는 사이니까요."

차링이 부러운 감정이 뚝뚝 떨어지는 눈으로 가온의 천막을 쳐다보며 대답했다.

"전장에 나와서 혼자만 여자와 동침하는 건 수장으로 해서는 안 될 일인데…….."

아직 모닥불가에 남은 단장들을 대상으로 그렇게 투덜거린 예하는 기대했던 반응이 전혀 없다는 것에 이상함을 느꼈다.

"다들 그렇게 생각하지 않아요?"

본부단장인 시르네아만 좀 이상한 눈빛을 하고 있을 뿐 다른 이들은 다른 생각을 하는 얼굴이었다.

"능력이 있다면 뭘 하든 관계가 있을까?"

"후후후. 맞는 말이지. 그렇지만 그대의 말은 틀려."

"뭐가 틀렸다는 거죠?"

예하는 울바르의 태도가 꼭 자신을 비웃는 것 같아서 그에게 대놓고 물었다.

"저런 강자가 과연 이런 전장에서 여인과 동침을 하려고 벌써 천막으로 들어갔을 거라고 생각하나?"

"그럼요?"

"우리 일족의 한 여전사가 아레오 참모와 얘기를 하다가 우연히 들은 건데 세 사람은 저녁부터 새벽까지 생소한 이름의 대법, 즉 연공을 한다고 하네. 저렇게 수련을 하니 저 나이에 저런 강자가 되었겠지. 그런 의미에서 나도 내 천막으로 가서 연공이나 해야겠네."

"나도!"

다들 가온과 두 여인이 사랑하는 사이이기는 하지만 이렇게 이른 시간에 천막 안에서 낯뜨거운 행위를 한다고는 생각하지 않는 것 같았다.

사실 가온의 천막 근처에 천막을 친 대원들은 지금까지 밤중에 아무런 소리도 듣지 못했다. 천막이 얇아서 뭔가 뜨거운 행위를 한다면 마나를 사용하는 대원들이 듣지 못할 리는 없었다.

실제로는 천막 안에 새로 구입한 소형 안전텐트를 쳤기 때문에 밖으로 아무런 소음도 흘러나가지 않는 것이지만, 사정을 모르는 이들은 그렇게 생각할 수밖에 없었다.

그렇게 전사단장 대부분이 수련의 의지를 불태우며 불가를 떠나자 불평을 했던 예하가 오히려 민망해졌다.

'하긴. 남들 눈이 있는데 그런 짓까지 하지는 않겠지. 그나저나 어떻게든 가까워져야 할 텐데 아레오와 아나샤가 곁을 떠나지 않으니 참 난감하네.'

신탁에 따라 일족의 미래를 번영의 길로 이끌려면 어떻게든 가온에게 자신의 매력을 어필해야 할 텐데 두 여자가 도무지 틈을 주지 않아 너무 답답했다.

'나도 암컷으로는 빠지지 않는 것 같은데.'

그건 전사단장들의 은근한 눈빛을 통해 확인할 수 있었다.

확실히 예하는 남자의 눈에는 더없이 매력적인 여인이다. 미모나 몸매도 최상이었지만 무엇보다 중년 여인의 무르익은 성숙미와 처녀의 풋풋한 매력을 동시에 발산하고 있어 더욱 남자들의 눈길을 끌었다.

하지만 누구도 그녀에게 대시할 생각을 품지는 않는다. 아무리 진화를 해서 외형이 인간 여자와 동일하다고 해도, 본질은 하반신이 뱀이고 송곳니와 세로 동공을 가진 얼굴의 나가임을 잊을 수가 없기 때문이다.

예하는 가온에게 자신의 매력을 어필하고 싶었지만 아예 시도도 할 수 없는 지금의 상황이 너무나 답답했지만 지금은 어쩔 수 없다고 생각했다.

'언제고 기회가 나겠지.'

두 여인이 항상 가온과 붙어 있지는 않을 것이다. 기회가 날 때까지는 자신의 능력으로 그의 눈길을 끌고 호감을 얻는 것이 최선이었다.

'그나저나 보면 볼수록 참으로 대단하다는 생각이 드는 인간이야.'

단순히 신탁 때문에 안달을 하는 건 아니다. 일족의 위기 때문에 수련에 매진하느라 짝짓기할 때를 이미 오래전에 넘겼어도 마음에 차는 수컷이 없어 지금까지 수컷이나 짝짓기에 전혀 관심이 없었던 예하지만 지금은 달라졌다. 왠지 가온이라는 존재가 자꾸만 눈에 밟히고 심지어 꿈에까지 나타나고 있었다.

엘프족 전사들이 모여 있는 구역으로 온 시르네아는 곧바로 자신의 천막으로 들어갔다. 지금은 누군가와 대화를 나누고 싶지 않았기 때문이다.

'왜 나도 화가 나는 거지?'

가온을 향해 항상 뜨거운 눈빛을 주는 아레오와 아나샤를 보면 왠지 짜증이 난다.

곰곰이 자신의 마음 상태를 고찰해 본 시르네아는 어느 순간 얼굴은 물론 온몸이 붉게 변할 정도로 화들짝 놀랐다.

'설마 내가 온 님을 마음에 담은 건가?'

엘프의 사랑은 인간처럼 뜨겁지 않지만 은은하게 오래 간다. 첫눈에 반하는 경우는 거의 없었고 한번 인연을 맺으면 상대를 전적으로 깊이 사랑하고 의지하며 마음을 나눈다.

그래도 누군가를 보고 성적으로 이끌리는 반응이야 당연한 일인데 놀랍게도 시르네아는 이제까지 남자를 대상으로 한 번도 끌린다는 마음을 느껴 본 적이 없었다.

그 점이 이상해서 일족 원로들에게 물어봤더니 원래 하이엘프의 영혼은 고고해서 배우자를 가지지 않는 경우가 많다는 대답만 들었다.

하지만 자신의 경우는 좀 달랐다. 가온을 처음 만났을 때부터 은근한 호감을 가지게 되었거니와 만나면 만날수록 그에 대한 호감이 강해지고 있었다. 지금은 항상 가온의 양옆에 자리한 두 여인에게 질투를 느낄 정도였다.

'그렇지만 온 님은 인간인데……'

아니다. 엘프의 역사에서 인간을 배우자로 받아들인 경우는 꽤 많다. 하이엘프 중에서도 몇 명은 인간 중 초인들과 부부의 연을 맺어 평생 해로한 경우도 있었다.

'아무튼 지금 나는 온 님을 남자로 사랑하고 있다는 거네.'

예하라는 나가족 퀸 덕분에 자신의 감정을 알게 된 시르네아는 그날 밤 제대로 잠을 잘 수가 없었다.

혼울프 사냥

오늘따라 몸이 많이 달아오른 아레오와 아나샤의 뜨거운 열정을 이제는 능수능란한 밤 기술로 가라앉힌 가온은 밤이 깊어지기 전에 다시 밖으로 나왔다.

숙영지는 외곽을 지키는 불침번들을 제외하고는 다들 잠이 들었는지 벌써 고요했다.

가온은 마음먹었던 일을 하기 위해 죽은 베헤모스들이 있는 곳으로 향했다. 놈들은 죽었지만 그 일대는 땅에 커다란 구멍들이 뚫려 있어서 숙영지와는 많이 떨어져 있어 그가 하려는 일을 누가 볼 일은 없었다.

베헤모스에게서 건질 수 있는 거의 유일한 전리품인 마정석은 이미 적출한 상태였기 때문에 놈들의 사체는 방치되어 있었다.

'모둔, 사기를 모은 구슬을 하나만 줘 봐.'

―네, 온 님.

모둔은 게이트에 자리하고 있었지만 영혼이 연결되어 있었기에 순식간에 공간 이동을 해 와서 그가 원하는 구슬을 건네주었는데 오늘은 가온 곁에 아무도 없어서 그런지 실체화를 한 상태였다.

―뭘 하시려고요?

'베헤모스를 구울로 만들려고.'

익힌 사령술은 스켈레톤 제작과 구울 제작밖에 없지만 재료에 따라서 위력이 크게 차이가 나는 만큼 구울로 만들면 쓸모가 있을 것 같아서 이 밤에 홀로 나온 것이다.

물론 엔릴을 비롯한 엘프 사령술사들은 사냥이 끝날 때마다 비교적 멀쩡한 사체를 스켈레톤과 구울로 만들어 왔다. 다크오크와 혼트롤이 그 대상으로, 200여 마리 정도 연성하고 있는 상태로 놈들은 가온이 갓상점에서 구입해서 선물한 전용 아공간 아이템에 보관되어 있다.

'하지만 그 정도로는 전투에 큰 도움이 안 될 거야.'

처음에는 언데드를 연성하는 데 별 관심이 없었다. 보스인 마족의 존재감이 워낙 강해서 놈이 부리는 언데드까지는 관심을 가지지 못했기 때문이다.

하지만 마족의 거처와 가까워지자 족히 수십만을 헤아리

는 다양한 언데드까지 신경이 쓰였다.

공략대의 전력은 언데드를 충분히 처리할 수 있을 테지만 그 과정에서 얼마나 많은 피해가 발생할지는 알 수 없었다.

'최소로 잡아도 2할에서 3할에 달하는 사상자는 나오겠지.'

옹고트가 제국의 마법사에게 들은 것이 사실이라면 유령마를 탄 데스나이트까지 있다고 했으니 결코 쉬운 상대가 아니었다.

언데드를 효과적으로 상대할 방법을 찾다 보니 사령술이 떠올랐고 오늘 사냥한 베헤모스까지 생각이 이어진 것이다.

─하지만 죽음의 기운이라면 마족이 더 능숙하게 다룰 수 있지 않을까요? 행여 마족이 지배권을 빼앗아 가면 어떻게 하려고요?

모둔이 드물게 현신을 해서 먼저 자신의 의견을 밝혔다.

가온은 그녀의 말에 베헤모스를 상대로 막 시전하려던 사령술을 멈추었다.

'정말 그러네.'

사기, 즉 죽음의 기운은 마기와 비슷한 속성을 가지고 있어 마족의 마기에 휘둘리기 십상이다. 기껏 만들었는데 베헤모스 구울의 지배권을 마족이 빼앗아 행사하기라도 하면 공략대는 치명적인 피해를 입을 수밖에 없었다.

'흐음. 그런 어떻게 해야 할까?'

아무래도 베헤모스를 구울로 만드는 것은 포기를 해야 할 것 같았다. 그런데 오늘따라 모둔이 적극적으로 가온의 행사에 관여했다.

-제가 죽음의 기운을 순화시킬 테니 온 님의 음양기를 주입하면 어떨까요?

'내 고유한 기운을 섞으라고?'

-네. 그렇게 혼합한 기운을 주입한 마나 저장구를 코어로 사용해서 구울로 만들면 위력 자체도 강해질 뿐 아니라 마족이 아무리 지배권을 행사하려고 해도 괜찮지 않을까 싶어요. 아니, 마기에 영향을 받지 않을 것이 확실해요.

모든 속성의 기운에 정통한 모둔이 이 정도로 확신한다면 그럴 것이다.

가온은 모둔의 의견을 믿고 베헤모스 구울 한 기를 만들어 봤다. 그리고 심안 스킬을 발동해서 잘 만들어졌는지 내부를 확인하려고 했을 때 뜻밖의 일이 벌어졌다. 자신의 상태창과 비슷한 내용의 홀로그램이 눈앞에 보인 것이다.

베헤모스 구울

레벨 : 331
음양 암흑기 : 1,400,000
스킬
1. 델터비 앤 래밍(SS, 1Lv.)
2. 스와이핑(A, 1Lv.)
3. 바이팅(B, 1Lv.)
상태 : 귀속

'대체 어떻게 된 거지?'

정말 엄청난 언데드가 만들어졌다. 구울에 불과한데 레벨이 무려 331이라니. 레벨만으로 보면 소드마스터에 해당하는 무시무시한 전투력을 지니고 있었다. 게다가 생전에 가지고 있었던 스킬들까지 구현할 수 있어 더욱 강력했다.

델터비 앤 래밍, 즉 초가속에 이은 박치기는 무려 더블에스 등급의 스킬이다. 그만큼 막강한 위력을 가지고 있다는 의미였다.

'혹시 내 기운이 들어갔기 때문인가? 아니면 원래 내가 제작한 언데드의 정보는 볼 수 있는 건가?'

확인을 해 봐야만 했다. 가온은 머리가 반 정도 날아간 다른 베헤모스를 상대로 이번에는 원래 제작법에 따라서 베헤모스를 구울로 제작해 봤다.

기대를 가지고 심안 스킬로 놈을 살펴봤는데 이번에는 아무런 홀로그램도 뜨지 않았다. 다만 자신이 부릴 수 있다는 것 정도만 확신할 수 있을 뿐이었다.

가온은 서로 싸움까지 붙여 보았다. 한쪽의 정보를 알 수 없으니 역량을 확인하려면 그 방법이 가장 효과적이었다.

'하아. 상대가 안 되네.'

홀로그램으로 확인한 상태창에는 민첩이나 체력과 같은 상세한 스테이터스는 뜨지 않았지만 모둔의 조언에 따라서 만든 구울과 단순히 죽음의 기운을 이용해서 만든 구울의 능력은 3배 가까이 차이가 났다.

'이 정도면 데스나이트 정도는 충분히 상대하겠어.'

데스나이트의 재료는 생전의 소드마스터다. 하지만 언데드가 되면 생전의 능력에 비해 전력은 많이 쳐주어야 7할 정도에 불과하기 때문에 음양기를 활용해서 만든 베헤모스 구울에는 못 미친다.

가온은 아무래도 모둔의 조언 덕분에 이런 언데드가 탄생한 것 같았다.

'고마워, 모둔. 모둔이 아니었으면 이런 식으로 언데드를 만들지 못했을 거야.'

가온은 모둔 덕분에 새롭고 강력한 자신만의 언데드를 만들 수 있었다는 생각에 모둔을 끌어안고 기쁨을 만끽했다.

사실 가온을 아는 사람이 이 광경을 봤다면 그가 왜 이렇게 기뻐하는지 잘 모를 것이다.

'나만의 노하우로 탄생한 강력한 언데드야.'

정말 엄청난 전력을 추가로 확보한 것이다. 인간과 달리 절대로 배신할 수도 없는 아주 충직하고 강력한 전투력을 보유했으니 기쁘지 않을 수 없었다.

그 바람에 가온에게 안긴 모둔은 이상한 표정을 지은 상태로 그의 움직임과 전해지는 감정을 고스란히 경험해야만 했다.

'모둔이 최고야!'

이번 의뢰만 해도 모둔이 아니라면 추가 보상은 절대로 받지 못할 것이다. 일단 천문학적인 숫자로 불어난 뤼나웜이 방출하는 어마어마한 마기를 흡수하지 못했을 테니 말이다.

그것만으로도 충분히 중요한 역할을 하고 있는 것인데 이렇게 강력한 몬스터를 만드는 데 결정적인 조언을 해 준 것이다.

기분에 취한 가온은 술도 마시지 않은 상태지만 모둔에게 뽀뽀 세례를 퍼부었다. 그만큼 모둔이 예쁘고 사랑스러웠기 때문이다.

가온은 정령들을 기본적으로 자신에게 예속된 노예와 같은 존재로 보지 않았다. 형제자매가 없었고 정령들이 상당한 수준의 지능을 가졌으며 진화를 한 지금은 인간과 비슷한 물질적인 육체를 가지고 있었기에 여동생처럼 여겼다.

하지만 모둔은 좀 달랐다. 처음 볼 때부터 모둔은 성숙했고 자신에게 헌신적이어서 어느 순간부터 녹스나 마누와 같은 정령들과 달리 자신이 보살펴야 할 대상이 아니라 의지할 수도 있는 존재로 여겨 왔다.

그렇게 잔뜩 고양된 가온은 자신의 품에 단단히 안긴 모둔이 어느 순간부터 그녀의 팔이 그의 허리와 목을 단단히 감고 붉게 상기된 얼굴을 그의 목덜미에 묻은 채 기이한 미소를 짓고 있다는 사실을 알지 못했다.

그날 밤, 가온은 자신의 음양기와 죽음의 기운을 혼합한 마나를 이용해서 총 여덟 구의 베헤모스 구울을 만드는 데 성공했다. 물론 죽음의 기운을 이용해서 만들었던 한 구도 다시 제작했다.

베헤모스를 사냥하고 계속 전진한 공략대는 사흘 후, 처음으로 평탄한 지역이 아닌 꽤 넓게 펼쳐져 있는 돌산 지대를 앞두고 있었다.

"시간은 좀 이르지만 이쯤에서 숙영하도록 하지."

가온은 꽤 넓어 보이는 돌산 지대에서 10여 킬로미터 정도 떨어진 작은 강가에서 발을 멈추었다. 아직 해가 지려면 시간이 꽤 남았지만 돌산 지대를 넘는 데 한나절은 걸릴 테니 식수와 씻을 물이 있는 이쯤에서 이동을 멈추기로 했다.

"대장님, 정찰을 해야 하는데 지형이 영⋯⋯."

롭이 난감한 얼굴로 말을 흐렸다.

확실히 그의 말대로 제대로 정찰을 하기는 어려웠다. 풀이 거의 보이지 않는 돌산은 높기도 했지만 범위가 꽤나 넓어서 전방은 물론 양쪽에까지 펼쳐져 있었다.

지금 있는 곳이 돌산 지대의 기슭보다 고도가 높아서 그런지 그쪽이 잘 보였는데, 산사태가 잦은지 아래쪽에는 크고 작은 바위들이 무더기로 쌓여 있었다.

그나마 돌산들이 경사가 가파른 편이라서 그런지 산들 사이에는 꽤 넓은 계곡이 있어 그곳으로 이동할 수 있을 것 같았다.

원래 정찰을 하려면 적어도 전방의 돌산과 계곡은 물론 양옆에 있는 돌산의 봉우리까지는 해야 하는데, 거기까지 그냥 다녀오는 데도 꽤 시간이 걸릴 것 같았다.

"저런 산이라면 큰 위험 요소는 없을 것 같습니다."

"몬스터는 저런 지형에 자리를 잡을 것 같지 않고, 있다면 마수인데 아마 산양이나 고산 염소의 변종 정도일 겁니다."

전사단장들의 의견을 들은 가온은 이번에는 정찰대를 운용하지 않기로 했다.

"대신 경계를 평소의 2배로 강화하도록 하시오."

바깥이라면 전사단장들의 말대로 별로 위험할 것 같지 않지만 이곳은 던전이다. 그것도 농후한 마기로 인해 수많은 변종 마수와 본래부터 서식하던 마수와 몬스터 들까지 들끓는.

"그렇게 배치하겠습니다!"

그렇게 숙영 지시를 내린 가온은 아레오와 아나샤를 데리고 비행 정찰을 하기로 했다.

가온이 구조물을 꺼내 아레오와 아나샤를 고정시킬 때 눈을 빛내고 있던 시르네아가 결연한 얼굴로 다가왔다.

"온 님, 저도 한번 하늘을 날아 보고 싶어요."

"그럼 같이 가지."

별문제가 될 것이 없다고 생각해서 허락한 가온은 곧 약간 문제가 있음을 깨달았다. 한쪽에 두 명이면 균형이 이루어지지 않아서 비행이 힘들었다.

결국 가온은 부러운 눈으로 자신 쪽을 쳐다보는 사람들 중에서 한 명을 더 골라야만 했다.

"헤알 단장!"

헤알이 기다렸다는 듯 달려왔다.

"제가 타는 거죠?"

가온이 고개를 끄덕이자 오랫동안 달리아트족의 수호자로 지내 왔던 헤알이 소녀처럼 상기된 얼굴로 환호성을 질렀다.

"끼아악! 너무 좋아! 안 그래도 하늘을 날아 보고 싶었어요."

가온은 아무래도 앞으로는 돌아가면서 태워 줘야 할 것 같다는 생각을 하면서 헤알을 구조물에 안전하게 고정시켰다.

그렇게 네 사람이 고정된 구조물을 자신의 몸에 단단히 장착한 가온이 발을 몇 번 구르는가 싶더니 힘차게 하늘로 날아올랐다.

"나도 타고 싶다!"

"나도!"

플라위스의 발에 몸이 묶인 상태로 이동했던 300여 명의 달리아트족 전사들까지도 벌써 높이 날고 있는 가온을 열망 어린 눈으로 쳐다보았다. 그때는 너무 긴장해서 제대로 비행을 즐기지 못했지만 지금은 다를 것 같았다.

"자! 하늘은 그만 보고 빨리 맡은 일을 시작해!"

사람들은 가온의 부재 시에 공략팀을 지휘하기로 한 바토르가 소리를 지르고 나서야 겨우 움직이기 시작했다.

몸이 하늘로 날아오르는 순간부터 시르네아는 그 어느 때보다 흥분했다.

두근두근!

흥분과 긴장 그리고 약간의 두려움으로 맹렬하게 뛰는 자신의 심장 소리를 들을 수 있었다.

그리고 마침내 점점 작아지는 지상을 내려다본 순간 시르네아는 자신도 모르게 소리를 지를 뻔했다.

하늘에서 내려다본 지상의 동료들은 어느새 손톱만큼이나 작아져 있었다. 그 많은 공략대원들을 손바닥 하나로 다 가릴 만큼.

그렇게 숙영지와 공략대에게 고정되었던 그녀는 자연스럽게 숙영지 주변을 볼 수 있었다.

은색의 긴 뱀처럼 반짝이며 흐르는 강물과 끝없이 이어질 것 같은 수림, 그리고 반원 형태의 드넓은 회백색 돌산 지대까지 한눈에 들어왔다.

쏴아아.

이제야 자신의 몸에 세차게 부딪히는 바람을 느낄 수 있었다.

'시원해!'

던전은 고온까지는 아니지만 그래도 꽤 기온이 높고 습도가 높았는데 지금은 너무나 시원했다.

"끼아앗!"

문득 몸이 둥실 위로 끌어 올려지는 것 같은 감각과 함께 세찬 바람이 등을 미는 것을 느꼈다.

"헤알, 시르네아, 긴장하지 않아도 됩니다."

헤알이 지른 것으로 보이는 비명 때문에 자신도 순간적으로 긴장했는데, 간신히 귀에 들리는 가온의 말에 안심한 시르네아는 그때부터 진정한 비행의 묘미를 즐길 수 있었다.

분명히 아이템일 텐데 가온의 비행은 무척 안정감이 있었다. 이 고도까지 올라오는 동안의 비행과 달리 급격한 방향 전환이나 승하강도 없었기에 처음 하늘을 나는 헤알과 시르네아도 금방 적응할 수 있었다.

가온은 숙영지 위 상공을 크게 선회하면서 차츰 범위를 넓혀 가면서 고도를 천천히 높였고 어느새 시르네아의 눈에 멀리 떨어져 있는 게이트까지 눈에 들어왔다.

"이런!"

갑자기 가온의 경호성이 들렸다.

"온 랑, 저기!"

"혼울프예요!"

비명과 같은 아레오와 아나샤의 소리에 놀란 헤알과 시르네아는 반원 형태의 거대한 돌산 지대 곳곳에 보이는 혼울프의 모습을 볼 수 있었다.

가파른 경사를 가진 돌산의 위쪽은 비교적 평탄한 고지로 연결되어 있어 혼울프는 빠르게 이동하고 있었다.

아직 숙영지 쪽에서는 볼 수 없는 위치였지만 눈에 들어오는 혼울프의 숫자는 엄청났다. 놈들은 수백 마리 단위로 무리를 지어서 돌산 지대를 이동하고 있는데 아무리 적게 잡아도 1만 마리 이상은 될 것 같았다.

"당장 돌아가야 해요!"

위에서 내려보고 있기 때문에 거리감각이 없어서 놈들의 이동 속도를 알 수는 없었지만 한창 숙영 준비를 하고 있을 공략대는 아무것도 모르고 있었다.

그런데 빠르게 고도를 낮추며 숙영지를 향해 날아 내려가던 가온이 방향을 바꾸었다.

"온 랑, 어딜 가려고요?"

"이쪽이 아니에요!"

놀란 아레오와 아나샤가 말하는 소리가 들렸다.

"잠깐 저기에 들렀다가 가자고. 아직 시간은 충분해."

시르네아는 빠르게 커지고 있는 곳을 봤지만 보이는 것이라고는 산에서 굴러떨어진 것으로 보이는 거대한 바위들이 충충이 쌓여 있는 큰 계곡의 하구라는 점밖에 알 수 없었다.

빠르게, 그러나 처음 비행하는 헤알과 시르네아가 공포감을 느끼지 않도록 빙글빙글 돌아서 내린 계곡 입구.

"잠깐 이대로 있어요!"

착륙한 순간 그렇게 말하면서 네 사람이 고정된 구조물을 몸에서 떼어 낸 가온이 집채만 한 바위들이 널려 있는 곳으로 향하면서 통신기를 꺼내 들었다. 그리고 바토르에게 통신으로 혼울프의 규모와 접근 사실을 알리고 대비하도록 했다.

"언니, 온 랑이 뭘 하려는 걸까?"

아레오가 아나샤에게 물었다.

"……도저히 짐작도 못 하겠어."

네 사람의 의아한 시선 속에 가온이 한 일은 간단했다. 위쪽에서 굴러떨어진 바위들을 닥치는 대로 아공간에 집어넣는 것이었다.

"대체 바위는 뭘 하…… 아!"

"바위들을 아공간 주머니에 넣었다가 떨어뜨리려는 것이 아닐까?"

"맞아! 저 큰 바위가 하늘에서 떨어지면 난리가 날 거야!"

"어마어마한 무기가 될 수 있을 것 같아요!"

네 여인은 거의 같은 순간 가온의 의도를 알아차리고 탄성을 지르다가 서로를 쳐다봤다. 같은 생각을 했다는 것만으로도 서로의 지력을 알아볼 수 있었다.

그렇게 정신없이 수백 개에 달하는 바위들을 챙긴 가온은 곧바로 다시 하늘로 날아올랐다.

네 여인은 가온이 숙영지로 바로 날아갈 거라고 생각했지만 아니었다. 그는 고공에서 선회 비행을 하면서 혼울프의 동향을 면밀하게 살피고 있었다.

최초로 놈들을 발견한 지 거의 1시간 정도가 지나자 소식을 들은 숙영지는 마차와 같은 물건은 없었지만 방패와 리자드맨 전사들을 앞세운 꽤 튼튼한 방진을 세울 수 있었다.

"온 랑, 합류하지 않을 거예요?"

아나샤가 걱정스러운 얼굴로 물었다.

"숫자를 좀 줄여야 할 것 같아."

이렇게 고공에서 선회비행을 하면서 혼울프의 숫자를 줄인다니 이게 무슨 의미일까?

'정말 아까 챙겼던 바위를 떨어뜨리려는 걸까?'

네 여인이 그런 생각을 하고 있을 때 혼울프의 선두가 돌산을 내려가기 시작했다.

혼울프는 체구는 송아지만큼이나 컸지만 굉장히 민첩해서 수시로 돌이 굴러떨어지는 경사지를 빠르게 내려가기 시작했다.

어느새 혼울프의 절반 이상이 넓은 돌산 지대의 경사지를 내려가고 있었다.

네 여인은 걱정과 불안, 채근 등의 다양한 감정이 실린 눈으로 더 이상 설명을 하지 않는 가온을 지켜보기만 했다.

"너무 빨라!"

꽤 높아 보였던 돌산이지만 혼울프의 선두는 벌써 기슭 가까이 내려간 상태였고 줄지어 내려가고 있었다.

돌산 지대에서 숙영지까지는 현재 혼울프의 이동 속도로는 불과 20여 분이면 도착한다.

그때가 되어서야 가온이 아래로 하강하기 시작했다.

이번에는 거의 수직에 가깝게 하강을 했기 때문에 네 여인은 정신이 아득해질 것 같은 긴박감과 함께 얼굴을 때리는 거센 바람의 저항 때문에 눈을 감아야만 했다.

그리고 하강 속도가 늦춰졌다고 생각하고 눈을 뜬 순간 네 여인은 돌산의 윗부분을 볼 수 있었다.

'여긴 왜?'

네 여인이 그런 의문을 품는 순간, 가온이 천천히 비행을 하면서 아공간에서 바위를 꺼내 떨어뜨리기 시작했다.

꽝! 쿠르르르릉.

아공간에서 나오자마자 아래로 떨어진 바위는 돌산 정상 부근에 있는 바위에 직격했다. 그리고 그 충격으로 박혀 있던 거대한 바위가 떨어져 나와 아래로 구르면서 사태를 일으켰다. 산사태가 아니라 바위 사태였다.

아래쪽으로 구르는 바위는 더 많은 바위를 끌고 떨어져 내리기 시작했고, 그 충격에 돌산이 우는 것 같은 굉음이 났다.

가온은 돌산 지대의 위쪽 가장자리를 따라 날아가면서 계속해서 바위를 떨어뜨렸고 그것들은 정확하게 위쪽에 박혀 있던 바위들과 부딪혔다.

불안정하게 박혀 있던 바위들은 높은 상공에서 떨어지는 바위와 부딪힌 충격에 아래로 구르고 다른 바위와 부딪히며 무시무시한 바위 사태를 일으켰다.

아직 돌산을 내려가지 않았던 혼울프들이야 무사했지만 내려가고 있었던 혼울프들이 바위 사태에 휘말린 것은 자연스러운 현상이었다.

거대한 먼지구름을 일으키며 산 아래쪽으로 굴러떨어지는 수많은 바위들은 순식간에 혼울프들을 덮쳤고, 이내 돌산을 내려가던 거의 모든 혼울프는 바위와 먼지구름 속으로 사라져 버렸다.

"세상에!"

이런 식으로 바위를 이용할 줄은 정말 몰랐다. 네 여인이 생각했던 것은 기껏해야 뭉쳐 있는 혼울프를 향해 바위를 떨어뜨리는 것 정도였던 것이다.

물론 그럴 경우에도 최소 수십 마리는 죽일 수 있지만 지금처럼 절반이 넘는 혼울프를 육포로 만들어 버릴 수는 없을 것이다.

"이제 갑시다!"

나머지 혼울프는 대략 4천여 마리. 적어도 절반 이상이 바위에 깔려 죽어 버린 것이니 이걸 어떻게 표현해야 할지 모르겠다. 네 여인은 그저 가온을 향해 경외심 가득한 눈빛만 보낼 뿐이었다.

　가온은 숙영지로 바로 가지 않고 바위 사태가 막 끝난 산기슭에 착륙했다. 그리고 굴러떨어져 쌓인 바위 더미 쪽으로 내려갔다.

　구조물을 먼저 풀고 천천히 돌산 지대 아래쪽을 걸으면서 파워드레인 스킬을 펼쳤다.

　'오오!'

　엄청난 기운이 몰려 들어왔다. 경험치만 많이 주는 것이 아니라 흡수할 수 있는 에너지의 양까지 늘어난 것처럼 느껴질 정도였다.

　그 모습을 헤알이 신기하다는 눈으로 지켜봤다.

　"대장님이 전장의 산책을 하시네요."

　"전장의 산책요?"

　처음 듣는 말에 아레오가 헤알에게 물었다.

　"전투 혹은 사냥이 끝난 후 대장님이 유유히 전장을 걷는 것을 전사들이 그렇게 불러요."

　"아!"

　아레오와 아나샤가 생각해 보니 가온은 항상 그랬다. 심지어 뤼나웜을 사냥할 때도 매번 사체들이 널려 있는 곳을 걸어 다녔기 때문이다.

"대체 지금 무슨 생각을 하실까요?"

헤알의 질문에 아무도 대답을 하지 못했다. 심지어 그런 행동은 아레오와 아나샤마저 이해하지 못했다.

"단순히 승리의 여운을 즐기는 것 같지는 않은데……."

시르네아가 말을 꺼내기는 했지만 맺지 못했다.

다만 가온의 그런 행동이 돌산 지대 위에서 지켜보던 혼울프, 특히 운 좋게 살아남은 보스의 분노를 산 것만은 확실했다. 놈이 강렬한 분노의 감정이 담겨 있는 하울링으로 투기를 끌어 올리고 있었다.

얼마 후 가온 일행은 그사이에 숙영지를 방진으로 만든 공략대와 합류했다.

바트로를 비롯한 전사단장들이 부드럽게 날아내리는 가온 일행을 맞이했다.

공략대원들은 다들 마나를 사용할 수 있기에 가온이 한 일과 엄청난 결과를 눈으로 확인할 수 있었다. 그렇기에 바위를 떨어뜨리는 것만으로 거의 6천 마리에 가까운 혼울프를 해치운 가온의 놀라운 능력에 감탄을 금치 못했다.

비행 능력은 단순히 하늘을 날 수 있어 고공 정찰에 유리할 것 같다는 생각밖에 못 했지만 이젠 생각이 바뀌었다.

"참으로 대단합니다!"

"아직 돌산 지대 위쪽에 4천 마리 정도가 남았소."

"그런 피해를 입고도 우리를 공격하려고 할까요?"

가온의 말에 아나샤가 물었다. 그녀가 생각하기에는 다른 곳으로 우회할 것 같았기 때문이다.

"혼울프는 복수심이 강한 놈들이니 분명히 공격하려고 할 거야."

"맞습니다. 마수는 한번 목표를 정하면 상대의 숨통이 끊어질 때까지 어떻게든 죽이려고 하지요."

단장들이 고개를 끄덕였는데 가온의 말대로 혼울프들은 참사에도 불구하고 사태의 영향을 적게 받은 길을 찾아서 돌산 지대를 내려오고 있었다.

혼울프들의 움직임을 확인한 가온은 문득 기다릴 필요가 없다는 사실을 깨달았다.

'숫자만 봐도 우리가 압도적이야.'

전력이 우월한데 굳이 기다릴 필요는 없었다.

"그동안 수련해 온 마상도의 위력을 확인할 수 있는 절호의 기회가 왔군."

가온의 혼잣말에 그를 둘러싸고 있던 단장들의 눈빛이 변했다.

"상대의 숫자는 기껏해야 4천 마리이니 우리가 압도적이야. 놈들을 작은 무리로 나누는 방식으로 처리한다. 다들 출정 준비해!"

"넷!"

단장들은 그동안 이동과 수련에만 전념해 왔던 젊은 전사들이 오랜만에 손맛을 볼 수 있는 기회가 왔다는 생각에 희색이 가득한 얼굴로 휘하 백인장들을 소집했다.

16개 전사단, 16,000여 명이 초원 늑대나 전투마를 타고 있었고 마상도를 소지한 상태로 가온 앞에 도열했다.

전사들은 출정 전에 가온이 뭔가 훈시를 하려는 것으로 생각하는 얼굴이었지만 그들을 이렇게 빽빽하게 도열시킨 이유는 따로 있었다.

"아나샤."

"네, 대장님."

가온이 이름을 부르자 아나샤가 그가 올라서 있었던 그루터기 위로 올라갔다.

"지금부터 여러분을 축복할 테니 되도록 움직이지 말고 서 계세요."

아나샤가 사제라는 사실은 알고 있었지만 이 많은 인원을 대상으로 축복을 내릴 것이라고는 전혀 생각하지 못했던 전사들이 웅성거렸다.

하지만 아나샤는 갈기족과 달리아트족 전사들이 따로 믿는 신이 있어 자신이 내릴 축복을 꺼리는 것으로 생각했는지 다시 입을 열었다.

"제가 모시는 분은 생사의 신, 우트님이세요. 그분은 다른

신을 믿는 분들도 차별하지 않으신답니다. 부정적인 영향은 전혀 없을 거라고 장담하지만 꺼리는 것이 있다면 옆으로 빠져도 좋아요."

그렇게 말한 아나샤는 불안한 얼굴로 전사들의 동태를 살폈는데, 아무도 대열 밖으로 빠져나오지 않자 서서히 얼굴이 편안해졌다.

"그럼 이제부터 여러분을 축복해 드릴게요."

이 많은 인원을 축복하는 방법은 바로 성가(聖歌)였다. 그녀의 입에서 허밍이 흘러나와 전사들을 부드럽게 감싸기 시작했다.

고대어라서 가사의 의미는 알 수 없었지만 전사들은 노래를 들으면 들을수록 긴장이 풀리고 몸이 가벼워지며 자신감이 차오르는 것을 느낄 수 있었다.

이 성가는 원래 전장을 나서는 전사들에게 불러 주는 것으로 생사의 신전에서도 부를 수 있는 인물이 당대에는 아나샤밖에 없었다.

하지만 단순히 성가를 부를 수 있다고 해서 이렇게 많은 전사들에게 대상으로 힘을 줄 수 있는 것은 아니다. 축복을 내릴 대상이 많으면 많을수록 신성력 또한 많아야만 했다.

이전이라면 어림도 없었을 테지만 우트의 현신자가 되면서 그녀의 신성력은 빠르게 높아졌고 뜨겁고 부끄러운 행위를 통해서 가온과 신성력을 주고받을 수 있게 되었기 때문에 가능한 일이었다.

그렇게 성가로 축복을 받은 전사들은 이전과는 또 다른 기세를 뿜어내기 시작했다.

그러는 사이, 혼울프 무리는 산을 내려오는 대로 방진 쪽을 향해 달리기 시작했다. 수많은 동료들을 죽인 인간들에 대한 증오심과 함께 배고픔 때문이다. 먹이가 부족해서 벌써 며칠째 아무것도 못 먹은 놈들이 수두룩했다.

만약 동족의 사체들이 바위 더미와 흙먼지 속에 파묻히지 않았다면 그것을 먹었을 것이다.

혼울프 보스조차 인간들이 모여 있는 곳까지는 아무런 명령도 내릴 생각이 없는지 암컷들을 대동하고 맹렬한 속도로 내달리기만 했다.

그 모습을 확인한 가온은 빙긋 웃었다.

"출진!"

1전사단부터 16전사단까지 차례로 2열 종대로 방진을 빠져나갔는데, 초원 늑대나 전투마를 타고 있는 전사들의 손에는 2미터 길이의 마상도가 들려 있었다.

2열 종대를 유지하며 속도를 내기 시작한 각 전사단은 단숨에 혼울프 무리를 파고들어 마상도를 휘둘렀다.

파앗!

서걱!

선두가 놓친 혼울프는 뒷줄의 전사들이 처리했고 그들이 놓친 놈은 그다음 열의 전사들이 처리하며 길을 뚫었다.

그렇게 기세 좋게 인간들을 향해 달려오던 혼울프들 사이에 열여섯 줄기의 길이 만들어졌다.

4천여 마리에 달하는 혼울프는 순식간에 250마리 내외의 작은 무리로 나눠진 것이다.

선두가 혼울프 무리의 후방에 도착한 순간 10의 배수에 해당하는 열에 있던 전사들이 초원 늑대와 전투마의 머리를 일제히 왼쪽으로 방향을 틀더니 마상도를 휘두르며 전진했다.

그렇게 되자 250여 마리로 나뉜 혼울프들은 결국 대여섯 마리의 작은 무리로 나뉘었고, 20명의 전사를 상대해야만 하는 상황이 되어 버렸다.

큰 몸집과 민첩한 움직임 그리고 도약력이 뛰어난 혼울프지만 전사들은 마상도를 사용했기 때문에 단번에 목을 물어뜯기는 힘들었다.

전사들은 마상도로 이제까지 이동 중이나 휴식 중에 끊임없이 수련해야만 했던 팔방풍우 도법을 펼쳤고 수많은 도영(刀影)에 혼울프들은 목표를 공격하기는커녕 피하느라 정신이 없었다.

20명 중 몇 명은 자루까지 금속으로 만든 마상도를 이용해서 검기까지 생성할 정도의 실력자였다. 그들의 임무는 혼울프를 죽이는 것이 아니라 전사들이 위험에 빠졌을 때 구해 주는 것이었다.

물론 보스를 비롯한 강한 혼울프들은 따로 상대할 전사들이 있었다. 천인장 이상과 오백인장들은 매의 눈으로 그런 놈들을 찾아서 따로 상대하고 있었다.

하지만 막상 보스를 물어 죽인 것은 마구랏이었다.

가온은 녀석이 보스의 존재를 느끼고 크게 흥분하는 모습을 보고 마음껏 싸우도록 보내 주었다.

혼울프 보스도 마구랏과 비슷한 몸집을 가지고 있었으며 검기 숙련자와 비견되는 전투력을 가지고 있었음에도 마구랏과의 싸움에서는 시종일관 밀렸고 결국 목이 반 정도 뜯겨 죽어 버렸다.

마구랏은 승리를 알리는 하울링에 이어 혼울프 보스의 심장을 씹어 먹고 마정석을 삼켰다.

"대승입니다!"

"멋지네요!"

숙영지에서 전황을 지켜보던 본부대원들이 일제히 환호성을 터트렸다.

혼울프는 뒤늦게 돌산 지대를 내려오다가 다시 올라가서 도망친 몇십 마리를 제외하고는 모두 숨통이 끊어졌다.

"생각보다 마상도의 위력이 크네요."

시르네아도 그동안 크게 신경을 쓰지 않았던 마상도의 효용을 확인하고 감탄했다.

사실 엘프 전사들은 주로 숲과 산악지대에서 활동했기에 초원 늑대나 전투마를 탄 상태에서 휘두르는 마상도의 위력이 그리 대단하지 않을 거라고 생각해 왔다. 그럴 바에는 차라리 자신들의 장기인 궁술이 더 나을 거라고 생각한 것이다.

이유가 있었다.

마상도는 도신의 길이가 1미터가 넘으며 도신의 폭도 넓고 무거워서 마나를 주입하기도 힘들고 무게도 있어 수시로 요동을 치는 전투마나 초원 늑대를 탄 상태로 한 손으로는 제대로 휘두를 수 있을 것 같지가 않았다.

하지만 그런 우려에도 불구하고 마상도는 자체의 무게와 전사의 위치 그리고 속도만으로도 마나를 주입한 것과 비슷한 위력을 발휘했다.

혼울프의 두껍고 질긴 가죽이 너덜거릴 정도로 심하게 손상된 것이 그 증거였다.

심지어 기마 훈련을 시작한 지 그리 오래되지 않은 달리아트족도 갈기족에 맞추어서 임무를 완수했다.

"전 그보다 기마대의 위력에 감탄했어요."

상대가 혼울프임에도 불구하고 초원 늑대와 전투마를 탄 열다섯 개의 전사단은 순식간에 혼울프 무리를 파고들어 길을 내 버렸고, 결국 20명이 대여섯 마리를 상대하는 상황이 만들었다.

혼울프의 주력이나 높은 민첩성을 고려하면 그게 얼마나 대단한 것인지 이 자리에 있는 사람들은 다 알고 있었다.

"기마대가 달리 보병의 천적인 것이 아니지요."

"그 기마대가 모두 팔방풍우와 같은 수준 높은 도법을 익히고 있다는 것이 더욱 위력적인 거고요."

본부대원들은 자신들도 저곳에 있었다면 좋겠다는 감정을 애써 누르며 저마다의 의견을 내놓았다.

확실한 것은 실전에 목말랐던 젊은 전사들에게 좋은 기회였다는 점이다.

얼마 후 울바르를 비롯한 몇 명이 먼저 돌아왔다. 나머지는 남아서 마정석 적출 등 전장 정리를 하기 시작했다.

"수고했소."

"대장님이 친히 전수하신 팔방풍우 도법이 큰 역할을 했습니다. 마상도로 펼치니 더욱 위력적이더군요."

사실 울바르는 가온들이 전사들이 모두 익힐 것을 주문한 마상도와 팔방풍우 도법이 이 정도로 위력적이라고는 생각하지 못했다.

자신들이 주로 사용하는 활과 투창 그리고 곡도로도 충분하다고 생각했었다.

특히 통짜 합금으로 만든 마상도의 경우 자신이 오래 사용했던 곡도보다 마나 전도율이 더 우수해서 쉽게 마나를 받아들여서 팔방풍우 도법을 펼칠 때마다 의도하지 않았음에도 도기가 사방으로 날아가는 것 같았다.

"피해는 어떻소?"

"확실하게 집계가 된 것은 아니지만 100여 명이 다친 것으로 파악했습니다."

그렇다면 사망자는 없다는 말이다.

"대장님의 지시한 대로 오백인장 이상이 가장 선두에서 달리며 미리 보스와 준보스를 파악해서 각개격파 한 덕분입니다."

"수고했소. 이건 치료제까지는 아니고 자가 치유력을 높여 주는 약이고, 이건 반은 마시고 반은 상처 부위에 바르면 자상 정도는 금방 치료할 수 있는 비약이니 부상자와 공이 큰 전사들에게 주시오."

가온은 자가 치유력을 높여 주는 약 100병과 하급 포션 500병을 울바르에게 주었다.

"이런 귀한 물건을! 감사합니다!"

갈기족도 초원에서 구할 수 있는 다양한 허브로 지혈이나 상처가 곪지 않도록 하는 약을 만들어 사용해 왔지만, 자가 치유력을 높여 주거나 곧바로 자상을 치료할 수 있는 약은 처음 듣는다.

'대장님이 예전에 많은 던전을 공략한 보상으로 갓상점이

라는 곳에서 진귀한 것들을 잔뜩 구해 두셨다고 하니 이것들도 귀할 거야.'

비약만 해도 엄청 귀했다. 심신의 피로를 빠르게 풀어 주는 것은 물론 마나의 양을 늘려 주는 효과까지 있었다. 그러니 약의 효능은 의심할 여지가 없었다.

'받아야 할 전사들을 선정하는 것이 더 어려울 것 같네.'

천생 전사인 바토르는 곤혹스러운 얼굴로 받은 약들을 수하 전사들에게 넘겼다. 그에게는 전투보다 이게 더 어려운 일이었다. 받지 못한 전사들이 원망할 테니 말이다.

그때 울바르와 함께 돌아온 두도로 대전사장이 입을 열었다.

"정말 가슴이 시원해졌습니다! 파죽지세라는 말이 이런 상황에서 쓰는 거군요."

그 말을 한 두도로는 옹고트와 함께 2년 전에 차출되어 제국 전사들과 함께 무려 여섯 번에 걸쳐 던전을 공략했었던 전사장으로 이번에 하고롱에 갔을 때 공과 무위를 인정받아서 아고칭, 즉 대전사장이 된 이력을 가지고 있었다.

"우리 공략대의 기세를 의미하는 거죠?"

"아레오 참모의 말이 맞습니다. 사실 제국 공략대는 첫 공략에서 많은 피해를 입고 이렇게 툭 터진 초지를 따라 이동하지 않고 수많은 정찰대를 운용해서 비교적 마수와 몬스터가 많은 곳을 피해서 이동을 했습니다."

그러고 보니 제국의 여섯 차례에 걸친 던전 공략에 대해서는 들은 바가 없었다.

"압도적인 전력으로 토벌할 수 있는 무리가 아니면 늘 우회를 했지요. 그 과정에서 정찰대에 속한 전사들이 엄청나게 많이 죽었습니다. 그럼에도 불구하고 가장 많이 공략한 6차 공략대가 멀리 언데드의 영역이 보이는 곳까지 진출했었지요."

마족의 존재를 확인한 것이 바로 그 6차 공략대였던 모양이다.

"제국 공략대는 1차부터 6차까지 마수와 몬스터를 이렇게 압도적으로 해치우며 이동한 적이 없었습니다. 1차와 2차 공략에서 말을 전부 잃어버린 후에는 주로 숲을 가로지르는 경로를 선택했기 때문에 매번 걸어서 이동을 해야 했는데 툭하면 우회를 해야만 했습니다. 늘 공격을 받지 않을까 가슴을 졸이며 이동했지요."

제국 공략대에 참가하지 않았던 이들도 두도로가 무슨 마음인지 조금은 알 것 같았다.

"가장 화가 나는 것은 제국 전사들의 행태였습니다. 만만한 홉고블린과 다크오크를 상대하면서도 꽤 많은 피해를 입었지요. 높은 분들이 전혀 나서지 않았거든요. 그렇다고 전사 대부분이 감당할 수 없는 마수나 몬스터가 나타나도 책임을 지지 않는 것들이 말입니다. 그래서 전 우리 공략대가 너무 마음에 듭니다."

두도로의 말에 본부대원들이 가온을 쳐다보며 고개를 끄덕였다. 가온부터가 전투건 사냥이건 가장 선봉에 서서 움직이고 있었다.

그러니 단장들도 당연히 선두에 서서 전사들에게 피해를 줄 수 있는 놈들부터 해치우고 있었다.

그건 두도로만 느끼는 것이 아니었다. 제국 전사들과 함께 움직였던 갈기족 전사들은 모두 비슷한 생각을 하고 있었고 동료들에게 그 생각을 전달했다.

당연히 사기가 높아질 수밖에 없었다. 거기에 같은 도법을 익히고 있다는 사실이 동질감을 높여 주었고 제국 공략대보다 더 빨리 더 멀리 진출했으며 더 많은 마수와 몬스터를 해치웠다는 사실이 자긍심을 높여 주었다.

그렇게 공략대는 빠르게 하나가 되고 있었다.

다크오우거

돌산 지대를 넘어서 얼마 떨어지지 않은 곳에 다크오우거 무리가 기다리고 있었다.

"아무래도 다크오우거들이 혼울프를 사냥했던 것 같습니다. 놈들이 현재 머무는 곳 주변에 혼울프의 것으로 추정되는 뼈와 가죽 조각들이 꽤 많았습니다."

그렇다면 정찰대장 롭의 의견에 맞을 것이다.

확실히 던전 브레이크가 멀지 않았다. 혼울프만 해도 다크오우거에게 쫓기기는 했지만, 식량이 부족해서 남하하다가 공략대에게 사냥을 당한 것이라고 추정할 수 있었다.

"몇 마리나 되나요?"

"12마리였는데 가족으로 구성된 세 무리였습니다."

아레오의 물음에 롭이 상세하게 설명했다.

"현재 놈들의 위치는 어딘가요?"

"이곳입니다. 지금은 소화를 하고 있는지 한곳에 머물러 있는데 돌산 지대를 넘은 후 초지를 따라 3시간 정도 이동하면 놈들이 머물고 있는 곳이 나옵니다."

롭이 지도 위에 가리킨 장소는 경사가 낮은 산의 넓은 계곡 하구였다.

"하지만 우리 측에서 놈들을 공격하기는 쉽지가 않습니다."

지도를 보는 수뇌부의 얼굴은 심각했다.

돌산 지대의 뒤쪽으로는 드넓은 초지가 펼쳐져 있었다. 푸토마가 말한 바에 따르면 나무 하나 찾아보기 힘든 초지였다.

그런 곳이라면 다크오우거를 순수한 전투력을 상대해야만 한다.

다크오우거는 공략대가 자랑하는 활이나 투창은 아무런 피해도 줄 수 없었다.

이제까지 유용하게 사용했던 유인 후 신성진을 활용하는 것도 어렵거니와 검환을 구사하는 가온이라도 놈들이 한꺼번에 달려들 경우 위험할 수 있었다. 놈들은 덩치와 다르게 엄청나게 민첩해서 초원 늑대나 전투마로는 놈들의 공격을 피하기 어려웠다.

그나마 쓸 수 있는 방법이라면 오백인장들이 모두 달려들어 놈들의 발을 묶고 가온이 차례로 끝장을 내는 것이 고작이었다.

그런 점을 모두 고려한 가온이 입을 열었다.

"이번에는 내가 맡도록 하겠소."

가온의 말에 사람들이 눈만 끔뻑거렸다.

"온 랑, 아니 대장님, 혼자 사냥을 하겠다고요?"

놀란 아레오가 물었다.

"이번에 혼울프를 상대하면서 폭격이라는 새로운 공격 수단을 알게 되었으니 활용할 생각이오."

"그럼 고공에서 바위를 떨어뜨리는 방식으로 놈들을 상대하려고요?"

바로 아레오가 알아듣고 확인을 구해 왔다.

"응."

가온의 대답에 단장들은 하나둘 고개를 끄덕였다. 자신들이 생각해도 꽤 효과적인 방법이었기 때문이다. 비행하는 상태에서 공격을 하는 것이니 위험할 일도 없었다.

"하지만 그런 방식의 사냥은 한두 마리라면 몰라도 전부에게 통하진 않을 거예요."

헤알의 의견이 맞다. 다크오우거는 거대한 몸집과 달리 감각도 예민하고 워낙 민첩해서 한두 마리가 죽으면 그다음부터는 하늘에서 떨어지는 바위를 충분히 피할 역량이 있었다.

"놈들을 한곳에 몰아넣어야지."

가온이 지도의 한 곳을 가리켰다. 초원 늑대와 전투마 때문에 돌산을 올라가기 힘든 공략대가 선택한 돌산 지대의 협곡 입구였다.

"유인을 하려고요?"

"이곳까지 유인을 한 후 협곡에 몰아넣고 바위를 떨어뜨릴 생각이야."

"유인을 할 수 있을까요?"

옹고트가 우려 가득한 얼굴로 물었다. 그가 제국 전사들과 함께 던전에 들어와서 상대했던 혼트롤도 그렇지만 다크오우거 역시 굉장히 영악한 놈들이다.

제국 공략대 역시 지형을 이용해서 혼트롤과 다크오우거를 사냥하려고 함정도 파고 유인도 했었는데, 위험하다 싶으면 귀신같이 알아차리고 아무리 도발을 해도 그 자리를 벗어나 버린 것이다.

거기에 가온이 말한 협곡은 돌산 지대를 똑바로 통과하는 것이 아니라 한쪽에 치우쳐 있고 구불구불해서 혼울프들조차 그쪽으로 택하지 않았다.

"가능하긴 할 거예요. 위험해서 그렇지."

혼트롤도 그렇지만 다크오우거 역시 복수심이 대단한 놈들이다. 그래서 새끼를 이용하면 대부분 이성을 잃어버린다.

어쨌거나 비행 아이템을 가지고 있기에 위험성은 현저하게 줄어들었다.

"그럼 차라리 온 랑이 놈들만 유인해 오세요."

아나샤가 눈을 빛내며 의견을 냈다.

"어떻게 하려고?"

"협곡까지만 끌어들이면 미리 협곡 위에 올라가 있는 우리가 바위를 굴러떨어뜨릴게요."

아나샤의 의견에 수뇌부의 얼굴이 밝아졌다. 초입을 멀리에서 본 것밖에 없었지만 협곡의 양쪽 절벽은 굉장히 높았다. 아무리 다크오우거라도 한꺼번에 협곡 위에서 굴러떨어지는 수많은 바위를 어찌지는 못할 것이다.

죽이지는 못해도 그 과정에서 크고 작은 부상을 입었다면 전사단장들이 충분히 상대할 수 있었다.

"좋아. 일단 한번 해 보자고."

가온은 일단 협곡부터 다시 확인했다.

'이 정도면 되겠어.'

협곡의 높이는 대략 200미터에 달했고 폭은 20미터 정도로 좁았다. 갑자기 위에서 바위들이 떨어져 내리면 다크오우거들이 피하기 힘들 것이다.

그렇게 장소를 확인한 후에는 돌산 지대 곳곳을 돌아다니면서 다크오우거에게 통할 크기의 바위를 골라 아공간에 챙겼다. 그다음에는 그것들을 협곡의 양쪽 절벽 가장자리에 내 놓은 후 지렛대를 쓸 단단한 나무를 끼워 놓았다.

바위들은 평균 지름이 3미터에 달하는 것들로 엄청나게 무겁지만 마나를 사용하는 전사들이 지렛대를 이용하면 충분히 떨어뜨릴 수 있었다.

그때가 되어서야 공략대 단장과 부단장들이 도착했다. 이번 작전에는 많은 인원이 필요하지 않기에 이들만 동원할 생각이었다.

"흐업!"

"벌써 다 준비해 놓으셨네!"

단장과 부단장들은 그 짧은 시간에 가온이 모든 준비를 갖춰 놓은 것을 보고 머리를 흔들었다. 가온은 자신들의 상식으로는 도저히 재단할 수 없는 인물이라는 사실을 새삼 깨달은 것이다.

"자, 이제 유인해 올 테니 준비하시오."

단장과 부단장들은 그냥 온 것이 아니다. 길이만 3미터에 이르는 거대한 철창 열 개씩을 소지하고 있었다.

바위만으로 놈들에게 큰 피해를 주기는 힘들 거라는 두 참모의 의견에 가온이 모라이족 전사들에게 부탁해서 만든 철창이다. 마나를 주입해서 던지면 공황 상태에 빠진 놈들에게 더 큰 부상을 안겨 줄 수 있을 것이다.

다크오우거를 도발하는 방법은 간단했다.

혼울프로 어느 정도 포식을 한 성체들이야 늘 하듯 낮잠을 자거나 뜨거운(?) 행위를 하면서 시간을 보내지만 호기심이 많은 새끼들은 혼울프의 뼈에 붙어 있는 살점을 발라 먹거나 다른 새끼들과 싸우듯 놀았다.

그러다가 싱싱한, 죽은 지 얼마 되지 않는 혼울프 사체를 발견하면 눈이 돌아갔다. 원래 몬스터의 세계는 가장 강한 놈부터 식사를 한다. 그래서 서열이 낮을수록 굶주릴 수밖에 없었다.

새끼의 경우 그래도 챙겨 주는 편이지만 한창 성장하는 시기이니 먹어도 먹어도 배가 부르지 않는다.

혼울프는 오크와 다르다. 다크오우거에게도 덤벼드는 다크오크와 달리 놈들은 다크오우거를 본 순간 꼬리를 말고 도망친다. 그래서 사냥한 놈들은 많지 않아서 새끼들은 제대로 배를 채우지 못했다.

그렇게 새끼 2마리가 혼울프 사체에 홀려 무리를 꽤 멀리 벗어난 순간 은신하고 있던 가온이 모습을 드러내어 새끼들에게 대검을 휘둘렀다.

가온은 단숨에 놈들의 목을 자를 수 있었지만 일부러 검기만 생성해서 새끼의 몸에 깊은 상처를 냈다.

쿠워어어어!

새끼들은 작은 인간이 휘두르는 대검에 가장 먼저 발목이 베인 상태라서 제대로 대응도 하지 못하고 분노한 상태에서도 고통이 가득한 비명을 질렀다.

당연히 새끼들의 비명에 암컷들이 가장 먼저 반응했다.

쿠웅! 쿵! 쿵!

키가 무려 10미터에 이르는 거대한 몸집의 암컷 오우거들이 달려오는 동안 가온은 살짝 오러블레이드를 생성해서 새끼들의 목을 절반 가까이 잘라 버렸다. 그리고 냅다 돌산 지대 쪽으로 도망을 쳐 버렸다.

당연히 암컷들은 새끼의 상태부터 확인했다. 그리고 타고난 재생력으로도 어찌할 수 없을 정도가 되었다는 사실을 깨닫고 분노와 슬픔에 가득한 피어를 내질렀다.

그 바람에 혼울프를 사냥한 후 한가한 일상을 보내고 있던 다크오우거 전부가 움직였다.

다크오우거들이 새끼들의 죽음을 이해하고 원수를 찾아보니 벌써 한참 떨어진 곳까지 도망을 치고 있었다.

크라라라랏!

본래 다른 무리지만 지금은 혼트롤들을 상대하기 위해서 모인 세 무리의 다크오우거들은 새끼들의 죽음에 하나가 되어 인간을 쫓기 시작했다.

하지만 그렇게 쫓는 이유가 반드시 새끼의 복수를 하기 위해서만은 아니다.

언젠가 잡아먹었던 인간의 맛을 기억하고 있기 때문에 식욕이 폭발하기도 한 것이다.

말을 타고 3시간 거리지만 질주 스킬을 사용해서 달리는
가온과 보폭이 엄청난 다크오우거들에게는 20분 거리에 불
과했다.

"온다!"

협곡 위에서 대기하고 있던 공략대의 단장과 부단장들은
정말로 가온이 장담한 대로 다크오우거들을 유인해 오는 모
습을 보자 기가 막혔다.

'다크오우거와 거의 비슷한 속도로 달린다고?'

아무리 가온이 검환을 구사할 수 있는 초인이라고 해도 이
건 말이 안 된다. 다크오우거는 한 걸음에 보통 사람 키의 두
세 배에 해당하는 거리를 움직인다.

거기에 거대한 몸집과 달리 민첩하고 지구력까지 뛰어난
놈들이라서 거의 지치지 않는다.

그런 다크오우거를, 3시간 거리에서부터 이곳까지 끌고
오다니 눈으로 보면서도 믿기지 않았다.

사실 가온이 다크오우거를 유인한다고 했을 때 다들 그의
비행 아이템을 떠올렸다. 그것만이 유일한 방법이라고 생각
한 것이다.

하지만 다크오우거의 속도와 대등한 엄청난 속도로 달리
는 모습을 보니 정말 신비하다는 생각이 든다.

'설마 놈들을 떨쳐 버릴 정도로 더 빠르게 달릴 수 있는데도 놈들을 유인하기 위해서 달리는 속도를 늦춘 건 아닐까?'

그 생각을 하자 다들 소름이 끼쳤다.

울바르가 깃발 하나를 들어 올리자 단장과 부단장들은 각자 맡은 바위 쪽으로 향했다.

쿠르릉! 쿠웅!

빠악!

밝은 데 있다가 갑자기 어두운 협곡 안으로 들어온 다크오우거들은 잠시 시각이 적응할 시간을 가져야 했지만 새끼를 잃은 복수심과 쫓아오는 동안 가온이 수시로 뒤돌아서 던지는 창 때문에 입은 부상으로 인해 완전히 눈이 돌아간 상태였다.

놈들은 조금이라도 지체하면 상대를 놓친다는 생각에 우르르 협곡 안으로 들어섰고 울바르의 깃발 신호에 따라 차례로 떨어지는 거대한 바위를 맞이해야만 했다.

지름이 평균 3미터에 달하는 거대한 바위였지만 다크오우거들은 인지하는 순간 오러네일을 휘둘러 부술 수 있었다.

하지만 녀석들에게는 불행하게도 바위 세례는 계속 이어졌다. 거기에 마나가 주입된 철창까지 무서운 속도로 내리꽂히니 금방 손발이 어지러워졌고 이내 1마리씩 바위에 직격당하는 놈이 나오기 시작했다.

단장과 부단장들이 가지고 온 철창과 가온이 거치해 놓았던 바위를 모두 떨어뜨린 후 살아남은 다크오우거는 3마리에 불과했다. 각 무리의 수컷들이었다.

하지만 놈들의 모습은 처참했다. 두 놈은 각각 머리와 어깨가 부서진 상태로 피를 철철 흘렸고 1마리는 바위 사이에 상체가 끼었지만 출혈이 심해서 꼼짝도 하지 못했다.

그때 멀리 떨어진 곳에서 지켜보던 가온이 날듯이 달려왔다.

그나마 왼쪽 어깨가 떨어져 나갔지만 가장 멀쩡해서 그의 접근을 알아챈 놈이 마지막 힘을 내려고 했지만 30미터 거리에서 멈춘 가온의 대검 끝에서 오색의 영롱한 구슬 하나가 생성되는가 싶더니 무서운 속도로 날아왔고 머리가 뜨겁다 싶은 감각과 함께 의식을 잃었다.

가온은 나머지 두 놈도 검환으로 끝장을 내 버렸다.

'굳이 마지막 발악을 받아 줄 필요가 없지.'

가온은 마지막 다크오우거의 숨통이 끊어진 것을 확인한 후에야 바닥이 10미터는 더 높아진 협곡으로 접근했다. 그리고 파워드레인 스킬로 이제 막 방출하기 시작한 다크오우거의 에너지를 흡수했다.

'역시 던전!'

던전답게 직접 죽인 다크오우거는 새끼까지 포함해서 5마리에 불과했지만 3레벨이 올랐다. 거기에 막대한 에너지까지 챙겼으니 사냥할 맛이 났다.

그 작업이 끝나자 가온이 위를 쳐다보며 통신기로 작전이 종료되었음을 알렸다.

단장과 부단장들이 희색이 가득한 얼굴로 숙영지 쪽으로 향하자 가온은 협곡을 채우고 있는 거대한 바위와 다크오우거의 사체들을 아공간으로 집어넣기 시작했다. 머리가 떨어져 나간 새끼들과 달리 여기에서 죽은 놈들은 구울로 만들 생각이다.

'생각보다 쓸 만한 바위들이 많네.'

협곡 바닥에는 그동안 위에서 떨어져 내린 크고 작은 바위들이 엄청나게 쌓여 있었다. 이곳을 지나가려면 늑대나 말은 물론이고 사람들도 고생을 좀 해야 할 것 같았다.

가온은 지름이 3미터 내외인 것들만 자신이 챙기고 나머지는 앙헬로 하여금 챙기도록 하는 것으로 길을 정비했다.

플라위스의 위용

　마족이 있는 장소까지 가는 경로에서 가장 위험한 존재인 다크오우거까지 해치운 공략대의 발길은 거침이 없었다.

　혼트롤들은 각개 격파를 할 것도 없이 단장과 부단장들이 일제히 달려들어서 해치웠다. 놈들의 가장 위력적인 전격 공격은 전조가 있었기에 검사를 생성할 수 있는 실력이라면 충분히 피할 수 있었다.

　경로와 가까운 곳에 위치한 다크오크 부락의 경우 예상보다 숫자가 적었다. 그동안 지속적으로 혼트롤과 다크오우거에게 사냥을 당해서 겨우 2천 정도만 남은 것이다.

　그러니 마상도를 익숙하게 다룰 수 있게 된 공략대의 공세를 감당할 수 없었다. 공략대는 순식간에 다크오크 2천여 마리를 쓸어버렸다.

규모가 규모이다 보니 더 이상 진로를 막는 마수나 몬스터가 없었다. 겨우 수천 마리 규모의 홉고블린이나 다크오크 무리는 감히 공략대를 기습할 엄두도 내지 못했다.

하지만 공략대를 두려워하지 않는 놈들도 여전히 있었다. 바로 비행 마수였다. 던전 북쪽의 거대한 산맥이 가까워져서 그런지 마침내 비행 마수들이 대대적으로 나타난 것이다.

숲에 모습을 감춘 것도 아니고 당당히 초지를 통해 이동하는 공략대는 수는 많았지만 그리핀이나 골드그리핀, 와이번, 하피에게는 너무나 손쉬운 사냥감에 불과했다.

"와이번이다!"

"골드그리핀도 있어!"

"하피! 하피도 있어!"

대낮에 갑자기 하늘이 컴컴해지자 하늘을 쳐다본 대원들이 경악한 얼굴로 소리쳤다.

비행 마수의 출현에 공략대는 순간 공황 상태에 빠졌다. 몇 마리만 모습을 드러내도 난리가 나는 것이 최상급의 비행 마수인데, 지금은 하늘을 가득 덮을 정도로 많았다.

놈들은 영악하게도 공략대의 규모를 보고 함께 사냥을 하기로 한 것인지 족히 1천 마리는 될 것 같은 규모로 사냥에 나선 것이다.

때문에 초원 늑대와 전투마들도 발광하기 직전이었다. 오랫동안 사람과 함께했고 말의 경우 원래 겁이 많은 동물이라서 기수의 감정에 동화된 것이다.

"진정해!"

가온이 마나를 담아 소리치자 대원들은 물론 초원 늑대와 전투마들도 조용해졌다.

"당장 하마해서 초원 늑대와 전투마를 가운데 두고 오십인대로 방진을 만든다! 방패와 마상도를 거두고 창을 들어라! 십인대장 이상은 투창을 준비하고 백인대별로 응전하도록 해! 투창 거리 안으로 들어오면 십인대장들은 투창을 하되 겁을 먹고 먼저 창을 던지지 않도록 해! 놈들은 나와 백인장 이상이 나서서 해치울 테니 내려오지 못하도록 막기만 해!"

심혼에 강력한 영향을 미치는 가온의 명령이 떨어지자 공략대는 빠르게 진형을 갖추었다.

하지만 그들의 얼굴에는 여전히 비행 마수에 대한 강렬한 두려움이 짙게 묻어나고 있었다.

'이대로 가면 피해가 클 텐데.'

그 생각을 하는데 마침 와이번 1마리가 과시라도 하듯 빠르게 아래로 날아내렸다.

'잘됐네.'

복합궁을 꺼낸 가온은 시위에 강철 화살을 걸고 음과 양의 화기를 주입한 후 주저 없이 시위를 놓았다.

마나가 주입된 강철 화살은 날개를 반쯤 접고 빠르게 아래를 향해 내리꽂히는 와이번을 향해 무서운 속도로 날아갔다.

와이번은 마치 꽃잎처럼 큰 원형으로 진형을 갖추는 인간들을 잡아먹을 생각에 기분이 좋았다. 두 번에 걸쳐 인간을 잡아먹었는데, 다른 먹이보다 훨씬 부드럽고 맛이 있었다. 그 기억 때문에 인간을 보는 순간부터 군침이 돌았다.

그렇게 빠르게 커지는 인간 중에서 어느 놈을 잡아채어 올라갈지에만 신경을 쓰고 있었던 와이번은 빠르게 날아오는 화살의 존재를 전혀 느끼지 못했다.

퍽! 꽝!

음과 양의 상반된 화기가 담겨 있는 화살은 와이번의 몸통에 박힌 직후 폭발했는데 폭발음도 컸지만 그 결과가 엄청났다.

몸통은 아예 산산조각이 나 버려서 피와 함께 사방으로 날아갔고 접힌 날개 한 쌍만 힘없이 떨어지고 있었다.

인간도 비행 마수들도 시간이 멈춘 듯 잠깐 아무런 행동도 하지 않았다. 화살 한 발이 만들어 낸 것으로는 믿을 수 없는 결과였기 때문이다.

"우와아아아!"

그 무시무시한 와이번이 화살 한 방에 몸통이 산산조각이 나 버리는 광경을 지켜본 공략대원들이 일제히 함성을 질렀다. 그런 대원들의 몸에서는 맹렬한 투기가 강하게 발산되고 있었다.

하지만 와이번들은 동료의 죽음에 분노해서 귀청이 떨어질 것 같은 소리를 질러 대면서 지상으로 날아내릴 준비를 하기 시작했다.

그나마 다행한 건 그리핀이나 골드그리핀 그리고 하피 들은 아직 상황을 지켜보려는 듯 여유롭게 선회 비행만 하고 있었다.

"내려온다! 준비해!"

"한쪽 무릎을 꿇고 창을 똑바로 잡아!"

"창에 마나를 주입해!"

십인장과 오십인장 들이 창을 들고 방진을 형성한 전사들을 독려했다. 백인장 이상은 언제라도 창을 던질 자세를 취하고 있었는데 그들의 창은 마나가 주입되어 있었다.

'준비는 된 것 같으니 나도 움직여야겠네.'

지휘를 세 오천인장에게 맡긴 가온은 투명 날개를 꺼내 빠르게 장착하기 시작했다.

"온 랑, 저희들도 갈게요."

"저도요."

아직 공중전을 치러 보지는 않았지만 구조물에 몸을 고정시킨 상태에서도 얼마든지 마법과 신성력을 발휘할 수 있을 거라고 확신하는 아레오와 아나샤가 강한 의지를 표명했다.

"좋아."

가온은 구조물을 꺼냈고 두 사람은 익숙한 손놀림으로 구조물이 고정된 폭이 넓은 가죽끈으로 자신의 허리와 두 발목을 단단하게 매기 시작했다.

"저도 함께하겠어요."

"저도요."

눈치를 보던 시르네아와 헤알도 나섰다.

"좋소. 빨리하시오."

어차피 두 자리가 남았고 활은 물론 소드마스터 경지에 이른 두 사람이니 큰 도움이 될 것이다.

네 사람이 몸을 구조물에 단단히 고정시킨 것을 확인한 가온이 힘차게 날개를 움직여 하늘로 날아올랐다.

막 공격을 감행하려던 와이번들은 하늘로 날아오르는 인간을 보고 의아해하면서도 분노에 가득 찬 피어를 내질렀다.

빠르게 비상하는 가온이 공격을 하기 전에 아나샤가 축복의 성가를 부르기 시작했다. 알 수 없는 고대어 가사였지만 듣는 전사들의 움츠러들었던 어깨가 펴지고 창을 잡은 팔에 힘이 들어가기 시작했다.

그와 함께 이미 준비가 끝난 아레오가 가장 성급한 와이번을 향해 파이어볼을 날렸다.

화라락!

퀘에에엑!

맛있는 인간들을 먹겠다는 생각만 하고 있다가 순식간에 화염 덩어리가 된 와이번이 끔찍한 비명을 질렀다.

파이어볼만이 아니었다. 푸르스름한 오러가 넘실거리는 큰 화살들이 연이어 와이번들을 향해 빠르게 날아갔다.

푹! 푹!

크우에에엑!

1마리는 몸통에 깊숙이 박혔고 다른 1마리는 날개에 구멍이 났다.

물론 그 정도로 당장 죽을 놈들은 아니지만 1마리에게는 끔찍한 고통을 안겨 주었고 다른 1마리는 비행하는 데 문제를 만들었다. 그렇게 커 보이는 날개지만 작은 구멍이 난 것만으로도 비행 능력이 크게 떨어지는 것이다.

와이번들은 지능이 높은 비행 마수다. 바로 위험성을 알아차리고 가온 일행과 거리를 벌렸다.

하지만 이제 막 성체가 된 놈들은 인간을 포함한 모든 동물들이 그렇듯 혈기가 왕성했다. 와이번 중 3마리가 물러나고 있는 일족과 다르게 가온 일행을 향해 빠르게 쇄도하기 시작했다.

파아아앙!

시위에 걸려 있던 화살 세 대가 동시에 공기를 뚫고 날아갔는데 붉은 기운이 일렁이고 있었다.

분명 가온을 공격하려는 와이번 3마리는 한 방향이기는 했지만 떨어진 거리나 각도는 제각각이었는데 화살들은 마치 살아 있는 것처럼 정확하게 목표를 향해 날아갔다. 가온이 염력을 사용한 것이다.

그런데 화살이 날아오는 속도가 엄청나서 와이번들이 인식을 했을 때는 이미 지척에 와 있었다.

혈기 왕성한 와이번들은 이런 경험이 없기 때문에 당황해서 회피를 하거나 발톱으로 처리를 하려고 시도조차 하지 못했다.

푹! 푹! 푹!

꽝! 꽝! 꽝!

거의 동시에 터진 폭발음에 이어 머리통이 사라진 와이번 3마리가 힘없이 아래쪽으로 빙글빙글 돌면서 추락했다.

꾸에에에엑!

와이번들이 분노와 당혹감에 가득한 피어를 내질렀지만 가온 일행은 전혀 신경을 쓰지 않고 파이어볼과 화살을 날리고 있었다.

단순한 파이어볼이 아니다. 화살처럼 연사할 수 있는 것은 아니지만 아레오의 강력한 의념이 깃들어 있어 살아 있는 것처럼 목표를 끝까지 추적해서 기어코 격중시킨 화염 덩어리는 폭발력으로 생체 보호막을 무력화시킨 후 꺼지지 않는 화염으로 몸통과 날개를 삽시간에 불태워 버렸다.

그에 비해 시르네아와 헤알이 쏘고 있는 화살들은 가온의 그것처럼 즉사를 시킬 정도는 아니지만 비행 능력을 떨어뜨리고 있었다.

가온이 와이번들과 비슷한 고도까지 올라갔을 때는 이미 꽤 많은 와이번들이 일행의 공중 공격에 큰 피해를 입은 상황이었다.

다행한 것은 다른 세 종류의 비행 마수들이 와이번의 불행을 목도했어도 도울 생각이 전혀 없다는 것이다. 놈들은 가장 강력한 인간이 와이번을 상대하는 사이에 인간들을 공격할 생각인지 한두 마리씩 날개를 접고 아래를 향해 곤두박질치고 있었다.

와이번들은 이제 지상의 인간을 사냥할 생각으로 버리고 가온을 향해 몰려들기 시작했다. 복수심이 강한 놈들이니 당연한 반응이다.

그때 날개를 더욱 힘차게 흔든 가온이 순식간에 100미터 정도로 더 날아 올라간 후 전용 아공간에서 플라위스들을 모두 꺼냈다.

평소에는 절반이 조금 넘는 성체 130마리만 소환하지만 지금은 모두 다 필요했다.

순식간에 밖으로 나온 플라위스 206마리로 인해 아래쪽은 더욱 어두워졌다. 이젠 새끼들도 성체만큼 성장했고 노쇠했던 놈들도 회춘한 상태였다.

'먼저 강해 보이는 놈들부터 브레스로 처리한 후 마음껏 사냥해! 대신 먹는 건 나중에 하고!'

비행 마수들은 본능적으로 서로를 적대한다. 지금처럼 다른 종의 비행 마수들이 동시에 인간을 공격하는 것이 오히려 이상한 현상이다.

아무튼 가온의 명령을 들은 플라위스들은 아래쪽의 비행 마수를 확인하더니 곧바로 화염 브레스를 발출했다.

화르르.

화염 브레스를 뒤집어쓴 거대한 와이번 1마리가 순식간에 화염에 휩싸여 고통스러운 비명을 지르며 아래쪽으로 추락하기 시작했다. 와이번 무리를 이끄는 수컷 보스였다.

와이번만 횡액을 당한 것이 아니었다. 네 종의 비행 마수 중 눈에 띄는 거대한 몸통과 날개를 가진 개체들은 하나같이 화염에 휩싸여 끔찍한 비명을 지르며 아래로 추락했다.

가온 일행에게 관심을 쏟던 와이번을 제외하고는 지상의 인간에게만 정신에 팔려 있던 비행 마수들은 자신들보다 더 높은 고공에서 갑자기 나타난 플라위스들의 화염 브레스에 너무나 무력했다.

순식간에 200여 마리가 화염에 휩싸여 추락하자 비행 마수들은 그제야 위쪽으로 관심을 돌렸지만 그때는 이미 늦었다.

그렇게 플라위스의 참전으로 전황은 단번에 급변했다.

와이번보다 절반 이상 큰 거대한 플라위스들이 도망치는 비행 마수들을 향해 날카로운 부리와 발톱을 내리꽂고 있었다.

당장 하늘에서 난리가 났다. 단숨에 발톱으로 머리를 움켜쥔 플라위스들이 힘을 주자 기괴한 소리와 함께 머리통이 부서져 버렸다. 운 좋게 발톱을 피했다고 해도 저희끼리 부딪쳐 그 충격으로 추락하는 놈들이 속출했다.

가장 큰 와이번보다 더 거대한 몸집을 가진 플라위스는 마치 매가 비둘기를 사냥하듯 압도적인 전투력과 비행 능력과 속도로 상대를 가리지 않고 죽이기 시작했다.

그런 플라위스를 상대로 잠시라도 견딜 수 있는 강력한 개체들은 이미 화염 브레스 공격에 화염 덩어리가 되어 추락한 지 오래였다.

플라위스의 공중 사냥으로 인해서 가온이 의도하지 않았던 부작용이 발생했다.

"피해!"

쿠웅!

화염에 휩싸여 추락한 대형 비행 마수들로 인해서 기껏 진형을 갖춘 전사들이 메뚜기처럼 사방으로 도망쳐야 하는 상황이 벌어진 것이다.

하지만 그건 비행 마수들 측에 비하면 아무것도 아니었다. 놈들은 갑자기 고공에서 나타난 거대한 플라위스들의 화염 브레스 공격에 기겁을 했다.

곤두박질치듯 지상의 인간들을 공격하려던 놈들 중 일부는 플라위스의 출현에 혼비백산해서 도망을 쳤고 위쪽의 상황을 잘 모르는 놈들은 위에서 날아온 화염에 휩싸여 고통스러운 비명을 지르며 추락하고 있었다.

그렇다고 지상의 인간을 사냥하기 위해서 날아 내려가던 놈들이 무사한 것도 아니었다. 창신 전체가 푸르스름한 오러에 뒤덮인 창들이 놈들을 노리고 위를 솟구친 것이다.

퍽! 푹!

천인장들은 생성한 오러스피어를 날렸고 그 수준이 안되는 전사들은 창기가 발현된 창을 던졌다.

대부분의 비행 마수는 뛰어난 시력으로 날아오는 오러스피어와 오러가 일렁이는 창을 발견하고 부리와 발톱으로 쳐 냈다. 하지만 놈들이 생각지 못한 것이 있었다. 그것은 바로 창에 담겨 있는 힘이었다.

부리와 발톱으로 쳐 내기는 했지만 창에 담긴 거력(巨力)에 충격을 받았기 때문에 몸의 균형을 잡기 위해서 날개를 펼수밖에 없었다.

그때 놈들을 노리고 창이 날아갔다. 마나가 주입된 창들은 충격으로 인해 희미해진 생체 보호막을 뚫고 날개에 구멍을 내거나 몸통에 박혔다.

위험을 감지한 놈들은 다시 위로 올라가려고 했지만 날개가 손상된 놈들은 중심을 잃고 빙글빙글 돌다가 결국 추락할 수밖에 없었다. 아무리 날개가 거대하고 화살에 뚫린 구멍이 작다고 해도 비행은 그만큼 정교한 작업이었다.

하늘로 올라가 봐야 피할 곳은 없었다. 비행 속도가 네 종류의 비행 마수보다 배는 빠른 거대한 플라위스들이 1마리도 놓치지 않겠다는 각오로 사냥을 하고 있었다.

채 30분도 되지 않아서 1천여 마리에 달했던 비행 마수가 사라지고 다시 던전의 하늘이 훤히 드러났다.

적어도 3분의 1 이상은 죽을 거라고 생각했던 전사들은 뜻밖의 승전을 제대로 받아들일 마음의 여유가 없었다. 상식을 벗어나는 플라위스들의 사냥 모습에 아직도 가슴이 벌렁거릴 정도로 큰 충격을 받은 것이다.

그때 사냥을 마친 플라위스들이 하나둘 외양이 비교적 멀쩡한 비행 마수의 사체 주변으로 내려앉았다. 그리고 오러블레이드에 버금가는 위력을 가진 부리와 발톱으로 대상의 배를 가르고 부드럽고 야들야들한 장기를 먹기 시작했다.

공략대원들은 여전히 진형을 풀지 않은 상태에서 그 모습을 멍하니 지켜보다가 곁에 있는 전사들과 대화를 나누기 시작했다.

"와이번이나 골드그리핀을 저렇게 쉽게 사냥하다니 내 눈으로 보면서도 믿기지가 않네."

"그런데 플라위스가 맞긴 한가?"

플라위스가 브레스 능력을 보유하고 있다는 사실은 들어서 알고 있었지만, 한 방에 와이번을 새까맣게 태워 버릴 정도로 강력하다는 소리는 듣지 못했다. 게다가 크기가 무시무시했다.

"크기가 좀, 아니 많이 크기는 하지만 플라위스가 맞아."

"저 변종 플라위스들을 대장님이 길들였다고 했지?"

"무시무시하네!"

"저 정도면 오러블레이드로도 감당하기 힘들 것 같은데."

"그렇지. 거리를 두고 화염 브레스만 쏘아도 위험할걸."

"아무튼 저 플라위스들은 우리 편이라는 거잖아."

"……그러네."

처음에는 엄청난 크기에 와이번도 브레스 한 방에 죽일 정도로 강력한 비행 마수의 출현에 놀랐지만 그런 놈들이 공략대의 대장의 명령에 따른다는 사실을 알게 되자 가슴 깊은 곳에서부터 강한 안도감이 차올랐다.

'우리 정도의 전력이면 마족이건 뭐건 다 박살 낼 수 있겠어!'

내심 마족이라는 존재에 대해서 두려움과 불안감을 떨쳐 내지 못했던 공략대원들은 플라위스들의 무시무시한 전력을 확인한 후 새삼 대장의 개인적인 능력은 물론 공략대의 전력이 생각했던 것보다 훨씬 더 강력하다는 사실을 깨달았다.

먼저 하늘로 올라가서 공략대의 사기를 높였던 가온도 어느새 땅으로 내려왔다.

"수고하셨습니다!"

단장들이 달려와서 그를 맞이했다.

"아무래도 비행 마수들이 한자리에 모인 것이 수상해요."

아레오가 자신의 몸을 단단하게 묶었던 가죽끈을 풀며 가온에게 말했다.

"저도 그게 마음에 걸려요. 영역을 침범하기라도 하면 득달같이 달려들어 끝장을 볼 때까지 싸우는 것이 생리인 비행 마수들이 한자리에 모여 우리를 공격하려고 하다니 너무 이상해요."

"설마 마족이 조종이라도 한 걸까요?"

"그럼 마족이 온 대장님처럼 비행 마수들을 길들인 걸까요?"

아레오의 말에 아나샤, 시르네아, 헤알이 차례로 의문을 제기했다.

'아마 맞을 거야.'

증거는 없지만 가온은 그렇게 결론을 내리고 있었다. 적어도 보스급의 비행 마수들에게서 일반적인 흑마력보다 훨씬 짙은 마기를 느낀 것이다. 특히 뇌가 있는 머리 부분에서 말이다.

몸에 장착한 구조물을 탈착한 가온은 먼저 배를 채우고 있는 플라위스들로 하여금 식사가 끝나면 주위를 정찰하도록 명령을 내린 후 이른바 전장의 산책이라고 불리는 행위를 하면서 생각에 잠겼다.

'마족이 비행 마수의 보스들을 대상으로 마기를 주입해서 가디언처럼 활용했다면 다른 마수나 몬스터 들을 대상으로도 가능하다는 거겠지.'

그럼 언데드뿐 아니라 다른 마수와 몬스터 들을 상대해야 하는 것을 염두에 두어야만 했다.

그나마 위안을 삼을 수 있는 부분은 모든 비행 마수가 짙은 마기를 품은 것이 아니라 특별히 강한 개체들만 가지고 있었다는 점이다.

'아마 보스급들만 마기로 정신을 지배하는 방식으로 일정 영역을 침범하는 존재를 공격하라고 명령을 내린 거겠지. 가만! 혹시 마족이 우리 존재를 알고 있는 것은 아닐까?'

가온은 그럴 가능성이 높다고 생각했다. 이미 마족의 본거지인 언데드 필드와는 말로 하루 거리밖에 안 된다. 당연히 마족이 눈치를 챌 수밖에 없었다.

'그나저나 왜 직접 나타나지 않고 비행 마수들만 보냈을까?'

마족이 비행 마수들을 직접 이끌고 기습을 했다면 공략대는 엄청난 피해를 입었을 것이다.

그리고 보니 언데드를 동원하지 않은 것도 이상했다.

가온은 어쩌면 마족이 공략대의 존재를 알아차리지 못하고 있을지도 모른다고 생각했다.

'아무래도 바로 공격하기 전에 마족과 언데드 필드를 면밀하게 조사해야겠네.'

그렇게 생각을 정리한 가온은 본격적으로 파워드레인 스킬로 이제 막 사체에서 방출되는 막대한 에너지를 흡수하기 시작했다.

'플라위스들의 사냥 전과가 내 것으로 인정된 덕분에 오랜만에 만족할 정도의 레벨업을 했네.'

레벨이 무려 13이나 올랐다. 무작위로 오르는 능력치 포인트는 무려 73이나 되었고.

'포인트도 꽤 쌓였고 마족을 상대해야 하니 이번에는 좀 써야겠네.'

만만치 않은 상대이니만큼 준비를 철저하게 해야만 했다.

가온은 단장과 부단장을 포함시켜 무려 1천에 달하는 임시 정찰대를 꾸렸다. 그리고 아레오와 아나샤를 포함한 본부대 인원도 대거 포함시켜서 이른바 언데드 필드의 현재 상황과 언데드의 반응 등에 대해서 면밀하게 조사하도록 했다.

아침 일찍 출발해서 언데드 필드 곳곳을 정찰하고 해가 질 무렵에야 겨우 귀환한 정찰대는 가온을 놀라게 하는 한편 그의 입맛에 맞는 소식을 전했다.

"그러니까 언데드의 숫자는 최소 10만 이상이며 특기할 사항은 놈들이 일정 영역을 벗어나면 능력이 상당 폭 떨어지는 것이 맞소?"

"그렇습니다. 다만 숫자는 우리가 본 것보다 훨씬 더 많을 가능성이 아주 높습니다. 30개가 넘는 조가 직접 시험해 본 대상은 스켈레톤, 좀비, 구울, 머미, 듀라한, 레이스였는데 같은 반응을 보였습니다. 우리를 보고 쫓아오는 놈들도 있었지만 대낮이라서 그런지 영역을 멀리 벗어나지는 않더군요."

"언데드 필드는 대낮임에도 어두컴컴했고 땅도 죽어 있었어요. 정확하게는 마기에 오염이 되었다고 표현해야겠지만, 아무튼 정상적인 식물을 전혀 볼 수 없었어요. 그리고 언데드 필드로 들어가는 순간 대원들은 대략 2할 정도 능력이 저하됐어요. 저 역시 몸이 무거워지고 약한 두통을 느꼈고요."

울바르와 아나샤가 각각 정찰대를 대표해서 보고했다. 실력자들이 대거 포함되었기 때문에 보고 내용은 정확할 것이다.

"종류별로 숫자는 파악했소?"

"마족이 거처하는 것으로 보이는 산의 앞쪽에 있는 거대한 숲 때문에 그건 파악할 수 없었습니다. 다만 스켈레톤과 좀비가 가장 많다는 사실만 확인했을 뿐입니다."

멀리에서 지켜보는 것만으로 거기까지 파악하기는 힘들었을 것이다. 언데드의 대략적인 숫자조차 아직 파악하지 못했으니 말이다.

"혹시 마기에 오염된 영역이 확장 중인가?"

"맞아요. 우리가 지켜보는 상황에서도 대략 1시간에 200보 정도 늘어나고 있었어요."

"무서운 속도로 오염되고 있습니다!"

1시간에 200보면 하루에는 4,800보다. 1보에 대략 65센티미터라고 치면 하루에 대략 3킬로미터의 땅이 마기에 오염되는 것이다. 한 방향이 아니라 부채꼴 방향으로 그렇게 확장된다는 점을 생각하면 엄청난 속도였다.

단순히 언데드만 해도 숫자가 워낙 많아서 무시무시한데 놈들의 능력을 배가시켜 주는 영역이 그 정도로 빠르게 확장된다니 아주 위험했다.

'혹시 비행 마수들도 마기에 오염이 된 건가?'

종이 완전히 다른 놈들이 누구에게 명령이라도 받은 것처럼 모여서 공격을 하려고 한 비행 마수들의 행동은 기이했다.

'그건 아닌 것 같아.'

그렇다고 가온이 그랬듯 마족이 비행 마수들을 길들인 것 같지도 않았다. 놈들은 한곳에 모이기는 했지만 무리별로 독자적인 공간을 확보하고 있었으며 다른 놈들이 공격을 당해도 별 관심이 없었다.

언데드도 골치가 아픈데 그런 식으로 마기에 잠식되어 공략대를 공격하는 마수나 몬스터가 생긴다면 던전을 클리어 하기는 더욱 힘들어진다.

아무튼 그건 지금 당장 확인할 수 있는 사항이 아니다. 상대해야 할 언데드의 종류와 숫자를 근사치에 가깝게 파악하는 것이 더 중요했다.

'최소 10만 이상이라. 거대한 숲 쪽은 전혀 조사하지 못했다니 두세 배는 예상해야겠네.'

숫자가 많아서 두려운 것은 아니다. 스켈레톤이나 좀비 정도는 마나를 운용할 수 있는 전사에게 그리 어려운 상대가 아닌 것이다. 오히려 숫자가 많다면 다른 마수나 몬스터를 사냥하지 않아도 던전 클리어의 조건을 충족할 수 있어 오히려 속은 편했다.

문제는 나머지 언데드가 얼마나 많느냐 하는 것이다. 구울부터는 검기를 사용해야만 소멸을 시킬 수 있었다. 그런 놈들의 숫자가 얼마나 되는지 정찰대도 확실하게 파악하지 못했기에 문제였다.

다른 수뇌부도 고민에 빠졌다. 구울급 이상의 언데드가 얼마나 되는지도 문제였지만, 아무리 생각해도 숫자가 너무 많았다.

거기에 언데드, 아니 마기로 오염된 영역으로 들어가는 순간부터 전력의 2할이 감소한다니 골치가 아팠다.

"아무튼 정찰대가 고생이 많았소. 저녁 식사 맛있게 하고 오늘 밤에 각자 고민해 보고 내일 아침에 다시 모여서 논의를 해 봅시다."

아직 시간은 있으니 다들 고민하는 시간을 가져 보기로 했다.

'숫자를 정확하게 파악하는 것이 중요해.'

언데드가 10만 정도라면 좋겠지만 그보다 훨씬 더 많을 경우 공략대의 피해가 가중될 수밖에 없다. 어쨌든 제대로 된 전술을 짜려면 상대의 전력을 정확하게 파악하는 것이 가장 중요했다.

언데드 필드

수뇌부 회의가 끝난 후 가온은 아레오와 아나샤에게 좀 더
자세한 정보 수집에 대해서 언급했다.

"당연히 정보가 많으면 좋겠지만 어떻게 언데드의 숫자를
파악하려고요?"

"혹시 그곳에 직접 가 볼 생각이세요?"

"그래 보려고. 위험하다 싶으면 몸을 뺄 수 있는 능력은
있으니까."

가온이 일부러 자신감을 드러내며 말했지만 두 여인의 안
색은 좋지 않았다.

두 사람은 가온을 말리고 싶었지만 그의 능력을 잘 알기에
충분히 가능한 일임을 알고 있었다.

"너무 걱정하지 마. 아래로 내려갈 생각은 없으니까."

가온도 가능하면 비행을 하는 상태에서 놈들을 살펴볼 생각이었다.

"밤이 되면 마기가 더 활성화될 텐데……."

맞다. 그 문제도 있었다.

"차라리 새벽녘에 가세요."

아나샤는 가온이 은근히 고집이 세다는 사실을 잘 알고 있었기에 말리는 대신 대안을 제시했다.

"알았어."

가온도 굳이 마기가 왕성한 밤 시간에 마족의 영역으로 들어가서 사랑하는 여인들을 걱정시킬 생각은 없었다.

"그나저나 그곳에서는 신성력은 사용하기가 어렵겠네요."

현재 가온이 가진 힘 중 가장 강력한 것이 바로 신성력이다.

하지만 신성력을 사용할 경우 언데드는 물론이고 마족에게 바로 걸릴 가능성이 높았다.

"온 랑이 마기까지 다룰 수 있으면 좋을 텐데."

별생각 없이 한 아레오의 말에 가온이 멈칫했다.

'다룰 수 있지 않을까?'

상태창에는 흑마력으로 표시가 되는 기운은 벼리와 파넬의 연구에 따르면 마기와 크게 다르지 않았다.

가온은 예전에 흑마력으로 스켈레톤과 구울을 만든 적이

있었다. 하지만 신성력으로 검기나 오러블레이드를 생성한 것처럼 흑마력을 활용해 본 적은 없었다.

'해 볼까?'

말이 나왔으니 당장 시험을 해봐야겠다.

"시험해 볼 것이 있어."

"뭔데요?"

"잠깐만!"

대거 한 자루를 꺼낸 가온은 흑마력을 주입해 보았다.

쑤욱!

대거가 어둠 속에 잠긴 거처럼 새파랗게 빛나던 날이 새까맣게 변하더니 이내 검신 밖으로 새까만 오러가 빠져나왔다.

그게 끝이 아니었다. 검신 밖으로 새까만 다른 검신이 빠져나왔다. 오러블레이드였다.

그 모습을 본 아레오가 아나샤에게 속삭였다.

"언니, 검은색 오러블레이드도 있나요?"

"나도 처음 봐."

마나의 속성에 따라 검기나 오러블레이드의 색이 달라진다고 듣기는 했지만, 그녀들은 푸른색이 아닌 경우는 가온이 신성력으로 만들어 낸 새하얀 오러블레이드가 처음이다.

"그런데 뭔가 기분이 이상해요. 보는 것만으로도 몸이 긴장하고 있어요."

"나도 그래. 몸은 물론이고 영혼도 불안정해지는 것 같아.”

둘이 그런 대화를 나누고 있을 때 가온은 내심 크게 만족하고 있었다.

'던전에 들어와서 가장 큰 폭으로 늘어난 에너지가 바로 흑마력인데 잘됐어!'

파워 드레인으로 흡수한 에너지의 대부분이 흑마력이기 때문에 현재 보유량은 마나와 비슷하게 40만을 넘겼다.

'흑마력으로 스킬을 사용하면 어떨까?'

가온은 흑마력을 에너지로 은신이나 투명 스킬을 활성화시킬 경우 언데드들이 인지하지 못하거나 인지하더라도 동류로 인식할 가능성이 있지 않을까 하는 생각을 했다.

'만약 내 생각이 맞는다면 마기에 오염된 영역에서도 자유롭게 움직일 수 있어!'

아레오의 말 덕분에 가지고 있으면서도 사용할 생각을 전혀 하지 못했던 흑마력을 사용할 기회를 얻게 되었다.

'아! 이 기회에 구울을 더 만들어야겠다!'

플라위스의 화염 브레스에 당한 비행 마수는 워낙 훼손이 심해서 본 언데드 정도만 만들 수 있었지만 나머지는 충분히 구울로 제작할 수 있었다.

'언데드를 언데드로 상대하는 것도 재미있겠네.'

언데드가 최소 10만이라고 해도 이쪽이 훨씬 수가 적은 만큼 부족한 전력을 언데드로 채우는 것도 나쁠 것 같지 않았다. 갈기족과 달리아트족 전사들이 놀라겠지만 자신은 이 세상 사람도 아니니 굳이 의식할 필요도 없었다.

가온은 아레오와 아나샤에게 자신이 사령술도 익혔음을 알려 주었다.

"사령술요?"

"그럼 온 랑도 언데드를 만들 수 있다는 거예요?"

"맞아. 만들 수 있는 것은 스켈레톤과 구울밖에 없지만."

"와아! 정말 온 랑은 모르는 것이 없는 것 같아요!"

"그러게. 어쩜 사람이 이렇게 다재다능할 수 있는 거지?"

다행하게도 아레오와 아나샤는 가온이 사령술을 익혔다는 사실에 감탄하고 경악할 뿐이었다.

"우리가 봐도 돼요?"

"당연하지."

"그런데 언데드를 제작하려면 사기나 마기가 필요하지 않아요?"

"필요하지. 마족의 언데드는 어떤지 모르겠지만 나는 사기와 마기가 저장되어 있는 작은 구슬, 즉 사정구(死精球)나 마정구(魔精球)를 코어로 활용해서 언데드를 만들어."

"아! 그럼 그 구슬은 갓상점에서 구입한 거겠구나."

"갓상점은 상상하는 모든 것을 다 판매하니 굳이 마족이나 사령술사 혹은 네크로맨서가 아니더라도 언데드를 제작할 수 있겠네요."

다행하게도 아레오와 아나샤는 가온이 갓상점을 이용해서 언데드를 제작할 수 있다고 오해해 버렸다.

"그, 그렇지."

"온 랑, 당장 해 봐요!"

"만약에 이런 방식으로 언데드를 연성할 수 있다면 수에서 열세인 우리에게는 큰 도움이 될 거예요!"

가온은 아레오와 아나샤의 재촉에 멀리 가지도 못하고 언데드를 만들어야만 했다.

원래 식사를 준비할 시간이었지만 당번이 따로 있어서 한가롭게 대화를 나누던 사람들이 하나둘 모여들었고 그중에는 예하도 있었다.

그녀는 가온이 아공간 주머니에서 아까 사냥했던 와이번 1마리를 꺼내는 것을 보고 무슨 일인가 싶어서 달려왔다.

"대장님이 뭘 하시려는 거야?"

예하는 공략대에 합류한 후 두 여인과 빠르게 친해졌다. 자신을 볼 때 원래 나가족의 모습을 떠올리며 본능적으로 꺼리는 다른 이들과 달리 두 여인은 그런 것에 전혀 신경을 쓰지 않고 자신을 동료로 대해 주었다.

"언데드를 만드신대."

"어, 언데드를요?"

아레오의 대답에 가까이 모여든 대원들이 깜짝 놀랐다.

"갓상점에 접속하면 사기나 마기를 저장한 구슬을 구입할 수 있거든. 마정석과 비슷한 아이템이야. 대장님은 그것을 이용해서 언데드를 만들어 보겠다고 하셨어."

"아! 그런데 그 사정구나 마정구만 있으면 언데드를 만들 수 있는 건가요?"

"그건 아니지. 언데드 제작과 관련된 스킬도 따로 익혀야지."

"그럼 사령술은, 아! 그것도 갓상점이라는 곳에서 구입할 수 있는 거구나!"

"맞아! 만약에 이 시도가 성공하면 우리는 마족 측에 비해 열세인 숫자에 있어서도 밀리지 않게 될 수 있어."

"언데드가 몇십만일 수도 있다는데 꼭 성공했으면 좋겠네요."

가온이 언데드를 만들려는 이유나 방법에 대한 설명을 따로 하지 않아도 세 사람의 대화를 통해 공략대 전체로 퍼져 나갔다.

덕분에 가온은 수많은 대원들의 뜨거운 눈빛을 받으며 와 이번 구울을 제작해야만 했다.

그 모습을 지켜보던 사람들은 내심 크게 놀라고 있었다.

"언데드는 네크로멘서나 마족 혹은 사령술사만 만들 수 있는 거 아니었나?"

"아까 대장이 말했잖아. 갓상점에서 제작에 필요한 스킬

북과 언데드의 코어가 될 구슬인가 뭔가를 사면 충분히 가능하다고."

"정말 이번 던전을 클리어하고 갓상점에 접속한 권한을 얻었으면 좋겠다."

"달리아트족의 야쿰바 대전사장이 우리 단장과 얘기하는 것을 들었는데, 자기 몫만 하면 무조건 얻을 수 있다고 하더라."

"공략대에 자원하길 정말 잘했다!"

사람들이 그렇게 귓엣말을 나누는 동안 가온은 엘프 사령술사 열 명과 함께 비교적 멀쩡한 비행 마수 300여 마리를 언데드로 만드는 데 성공했다.

물론 가온이 홀로 만든 비행 마수 구울이 250마리가 넘었다. 하지만 이번엔 넘치는 흑마력을 사용한 것이다.

그렇게 모든 작업이 끝났을 때는 이미 한밤중이었다. 몇 명을 빼고는 지켜보던 대원들도 없었다.

시간을 확인해 보니 대략 4시간이 넘게 흘렀다. 저녁도 먹지 않고 언데드 제작에 몰두한 것이다.

"고생하셨어요. 덕분에 언데드를 언데드로 상대하는 진풍경을 볼 수 있겠네요."

끝까지 언데드 제작 과정을 지켜본 아나샤와 아레오를 비롯한 사람들이 고생한 가온에게 묵례를 보냈다.

안 먹으려고 했지만 아레오와 아나샤가 정성을 기울여 준비를 했기에 어쩔 수 없이 가볍게 저녁 식사를 한 가온도 잠자리에 들었다.

여느 날 밤처럼 음양대법 수련을 빙자한 뜨거운 사랑을 나눈 후 두 여인은 곯아떨어졌다.

'내가 좀 강해진 건가?'

요즘 들어서 아레오와 아나샤가 연속으로 찾아오는 강렬한 쾌감을 견디지 못하고 항복을 하는 경우가 잦아졌다. 두 여인이 이제 막 성과 쾌락을 눈을 뜬 것을 생각하면 오히려 가온이 힘이 들어야 하는데, 반대 상황이 되고 있었다.

아무튼 이렇게 지쳐서 곯아떨어졌으니 자신이 없더라도 쉽게 깨지 않을 것이다. 보통 두 여인은 가온의 팔을 끌어안고 자는 데 조금 격하게 몸을 움직이기라도 하면 귀신같이 깨는데 오늘은 그럴 일이 없을 것 같다.

'시험해 볼 것이 있어.'

자신도 그냥 자고 싶지만 해야만 하는 일이 있었다.

'언데드의 정확한 종류와 숫자도 파악해야 하지만 흑마력이 언데드에게 제대로 통하는지도 확인해야 해.'

오랜만에 야행의까지 갖추어 입은 가온의 모습이 감쪽같이 사라졌다.

다시 그가 나타난 장소는 밤이라서 그런지 더욱 농후한 마기가 스산한 분위기를 만들어 내고 있는 언데드 필드였다.

오늘은 달빛이 있어 칠흑 같은 밤은 아니었기에 살아 있는 존재를 찾아서 흐느적거리며 돌아다니는 좀비들은 물론 뼈밖에 없음에도 배가 고픈지 이빨을 딱딱거리면서 검붉은 안광을 뿜어내는 스켈레톤들이 초지를 가득 채우고 있었다.

'확실히 영역 밖으로 나오지는 않네.'

물론 완전히 안 나오는 것은 아니다. 언데드 필드를 벗어나는 놈들도 있었지만 얼마 후에는 누구에게 지시를 받기라도 하는 것처럼 다시 마기가 짙게 깔린 필드로 돌아가 버렸다.

가온은 아주 잠깐 멈칫했다가 이내 언데드 필드로 들어갔다. 물론 흑마력을 이용해서 투명화 스킬에 무음보 스킬까지 발동한 상태였다.

'호오! 아무도 날 인지하지 못하고 있어.'

마기와는 극성인 신성력을 가지고 있기 때문에 살짝 긴장을 했는데, 언데드들은 아무런 반응도 보이지 않았다.

조금 더 안쪽으로 들어가자 혼트롤 구울이 보였다. 머리한쪽이 날아가고 심장 부위에 커다란 구멍이 뚫린 놈이었는데, 구울이 되어서도 여전히 엄청난 살기와 투기를 방출하고 있어 같은 언데드들조차 놈의 곁으로 가려 하지 않았다.

언데드는 종류에 따라서 등급이 매겨지는 것이 아니다. 보통 구울이 스켈레톤보다 강한 것은 사실이지만 스켈레톤의 베이스가 오우거라면 어지간한 구울은 그냥 씹어 먹을 정도로 현격한 전투력의 차이를 가지고 있다.

때문에 혼트롤 구울은 이 근방에 있는 언데드 중에서는 가장 강하다고 할 수 있었다.

가온은 별 의미가 없는 행동을 반복하고 있는 혼트롤 구울에게 똑바로 걸어갔지만, 놈 역시 그의 존재를 전혀 인지하지 못했다.

'이렇게 되면 더 안쪽으로 들어가 봐도 되겠네.'

언데드의 눈으로는 볼 수도 없는 가온의 신형이 소리 없이 언데드 필드 안쪽으로 빠르게 사라졌다.

언데드 필드를 대략 살펴본 가온의 발길이 향한 곳은 마족이 있는 곳으로 추정되는 산 쪽까지 연결된 거대한 숲이었다.

'언데드 필드 안이라서 그런지 확실히 나무들의 상태가 상당히 좋지 않네.'

숲을 이루고는 있지만 나무들은 대부분 높이가 채 3미터가 되지 않았고 줄기도 굵지 않았다. 다만 가지가 많이 뻗어 있고 잎이 넓은 수종이 대부분이라서 공중에서 아래쪽이 잘 보이지 않을 뿐이었다.

이미 죽었지만 썩지 않는 상태인 것 같은 관목으로 이루어진 숲 안에는 언데드가 득실거렸다. 종류는 스켈레톤과 좀비 그리고 구울이 대부분이었지만 대신. 베이스가 무척 다양했다. 모두 사냥당해서 보이지 않았던 것으로 생각했던 고블린 종류부터 시작해서 오크와 울프까지 다양했다.

'스켈레톤은 변이되지 않은 고블린과 오크 그리고 울프가 베이스고 좀비와 구울은 변이된 놈들이 베이스군.'

그 밖에도 던전에 들어와서 한 번도 보지 못했던 다이어울프나 스밀로돈, 샤벨 타이거들도 스켈레톤이 되어 있었다.

그런데 이상한 게 있었다.

'마족이 언데드를 직접 만들던가?'

마족도 종류가 있다. 일반 마족, 고위급 마족, 마왕, 마신 등 계급이 있는 것이다. 참고로 서큐버스 퀸인 앙헬은 고위급에 속하는 마족이다.

어나더 문두스의 설정이나 탄 차원에 알려진 마족에 대한 정보에는 마족이 직접 언데드를 연성한다는 내용은 없었다.

혹시나 몰라서 다른 차원에서 살던 엘프족과 리치인 파넬에게도 의념으로 물어봤는데 그들 역시 금시초문이라고 했다.

'설마 이곳에도 인간이?'

만약 인간이 있었다면 나가 퀸인 예하가 말을 했을 것이다.

'하지만 마족은 대체 어떻게 이 던전에 강림한 거지?'

마족은 어나더 문두스의 설정에서도 그렇지만 탄 차원에서도 주로 흑마법사의 소환 행위를 통해서 현신한다. 앙헬의 경우 자신이 어떻게 이 세상에 존재하는지조차 알지 못하기 때문에 다른 방법이 더 있을지는 알 수 없지만 일단 알려진 바에 따르면 그렇다.

그렇다면 누군가 마족을 이곳에 소환했을 가능성이 아주 높다.

'하지만 그럴 경우 소환자가 제공하는 제물의 가치에 해당하는 일을 해 준 후 마계로 돌아가는 것이 정상이야.'

그 일이 무엇인지 알 수 없지만 마족이 이렇게 오래 이 던전에 남아 있는 것은 좀 이상하다.

'혹시 이곳이 던전이라서 그런 건가?'

소환된 후에 던전이 본래의 차원에서 격리가 되었다면 이론상 가능한 추측이긴 하지만 확실하지는 않다.

가온은 그런 생각을 하며 마기의 영역 깊숙한 곳으로 거침없이 들어갔다. 혼트롤 구울까지 자신의 존재를 감지하지 못하니 거칠 것이 없었다.

거침없이 숲을 가로지른 가온의 발이 멈춘 곳은 경사가 가파른 산기슭에 있는 거대한 동굴 앞이었다.

'저기가 한때 골드드래곤의 레어였다가 지금은 마족이 지내는 동굴이군.'

동굴은 정말 드래곤이 들어갔다고 해도 믿을 정도로 엄청난 규모였다. 폭과 높이가 거의 50미터에 달했다.

밤이라서 동굴 안은 시커먼 무저갱처럼 보였는데 엄청난 양의 마기가 방출되고 있었다. 그래서 그런지 동굴 입구를 기점으로 반경 수백 미터까지는 아무도 없었다. 언데드조차 위험을 느낄 만큼 강력한 마기가 방출되고 있었다.

'저기가 바로 마기의 근원이네.'

흑마력만 운용하고 있는 가온도 심혼이 짓눌리는 것 같은 강력한 압박을 받을 정도로 불길하고 끈적거리는 마기가 선풍기 바람처럼 흘러나오고 있었다.

'들어가 봐야 할까?'

지금까지 본 언데드만 생각하면 숫자는 많았지만 레이스가 좀 신경 쓰였지, 나머지는 베이스만 다를 뿐 하급이나 중급 언데드가 대부분이다.

오크 족장이나 대전사장을 베이스로 만든 듀라한 정도가 상위 언데드에 속했다.

물론 그렇다고 해서 무시할 전력은 아니다. 그가 직접 본 숫자가 아니라 밀도로 추정하건대 언데드의 숫자는 대충 잡아도 30만은 되었으니 말이다. 무엇보다 그중에는 혼트롤이나 다크오우거를 베이스로 만들어진 놈들도 있었고 키메라들도 보였다.

하지만 가온은 이게 전부가 아닐 거라고 확신했다. 확실하지는 않지만, 제국 공략대나 나가들은 유령마를 타고 다니는 데스나이트가 있을 거라고 말했기 때문이다.

만약 그런 언데드가 있다면 저 동굴 안에 있을 것이다.

'숫자가 얼마나 될지 모르겠네.'

생전에 소드마스터 경지였던 사체를 이용해서 연성하는 데스나이트는 아직 영혼이 육체와 이어져 있는 동안에 사체를 확보해야 하기 때문에 만드는 것이 쉽지 않다.

더구나 지금까지 던전에서 인간은 살아 있는 상태든 죽은 상태든 보거나 들은 적이 없었기 때문에 가온은 존재하지 않을 수도 있다고 희망을 걸고 있었다.

원래 나온 목적을 생각한다면 당연히 안에 들어가 봐야겠지만 가온은 계속 종을 울리며 위험을 경고하는 감각 때문에 고민을 하고 있었다.

'에잇!'

고심하던 가온은 결국 물러나기로 했다. 이성은 들어가는 것을 권했지만 들어가지 말라는 감성을 선택한 것이다.

사실 어나더 문두스를 시작한 후 연달아서 다수의 최초 업적을 세웠기 때문에 받은 특전으로 가온은 페널티 없이 부활할 수 있는 권리를 가지고 있다. 즉, 목숨이 하나가 아닌 것이다.

그 점은 가온에게는 든든한 보험이었고 덕분에 위험을 알면서도 도전할 수 있었다.

'하지만 지금은 달라.'

일단 해당 내용을 명확하게 파악할 필요가 있었다. 만약 죽었을 때 이 세상이 아니라 탄 차원에서 부활한다면 골치가 아프다.

'어느 곳에서 알아봐야 하나?'

아무래도 이 문제는 세이뷰어 측에 직접 문의를 하거나 어나더 문두스를 다루는 다양한 정보 매체를 통해서 자신처럼 차원 이동을 통해 의뢰를 수행하고 있는 플레이어들의 사연을 알아봐야만 할 것 같았다.

그렇게 가온이 레어를 앞두고 몸을 돌리려고 했을 때였다.

'응? 인간이다!'

레어를 나오는 형체는 분명히 언데드가 아니라 인간이 틀림없었다.

그런데 그 인간의 외모가 아주 특이했다.

'저런 종족도 있었나?'

푸른 동공을 제외하면 눈처럼 하얀 피부에 눈썹과 모발마저 새하얀 중년인은 하얀색의 두꺼운 가죽으로 만든 로브와 비슷한 옷을 걸치고 있어 밤과 마기로 인해 유독 캄캄하게 느껴지는 공간에서 마치 환상처럼 보였다.

그런데 그 중년인은 흐릿한 달을 보며 나직이 한숨을 내쉬었다.

가온은 호기심에 무음보를 펼쳐 그에게 가까이 갔다.

"인질로 잡힌 일족을 위해서 밤낮없이 언데드를 제련해서 이제 재료가 거의 다 떨어졌는데 과연 마족이 우리를 살려 줄까?"

중년인의 독백을 역시 알아들을 수 있었다.

'아무래도 언어 능력은 플레이어의 특전이거나 의뢰를 수행하는 데 주어지는 선보상 같은 건가 보네.'

그게 아니면 귀로는 처음 들어보는 언어인데 알아들을 리가 없었다.

아무튼 그런 말을 내뱉은 중년인은 언데드를 제작하는 사령술사의 이미지와는 달리 청수한 얼굴과 맑고 강렬한 눈빛을 가지고 있어 전혀 어울리지 않았다.

'마족이 아니라 이 남자의 일족이 언데드를 제련하고 있다고?'

그의 혼잣말에서 가온은 상황을 어느 정도 파악할 수 있었다.

'기회다!'

가온은 이 중년인과 대화를 해 보기로 결심했다.

'이봐, 일단 조용!'

가온이 순간적으로 투명화 스킬을 해제해서 자신의 모습을 보여 줌과 동시에 의념이 전해진 순간 중년인의 긴 흰 눈썹이 위로 치켜 올라갔지만 입을 열어 소리를 내지는 않았다.

'나는 외부에서 들어온 인간이야. 온이라고 하지. 혹시 의념 대화가 가능해?'

가능하면 소음을 피하기 위해서 의념 대화를 했으면 좋겠지만 안 되면 소리를 최대한 죽여서 얘기를 하는 수밖에 없었다.

─언젠가 우리 전사 몇 명이 이곳까지 내려왔다가 우리와 다른 인간들을 멀리에서 본 적이 있다고 하던데, 과연 우리와 다른 인간이 이곳에 들어왔군. 나는 헤르로듀미러스라고 해. 헤러스라고 불러도 좋아.

상대는 놀란 얼굴이기는 했지만 금세 진정하고 역시 의념을 보냈다.

의념은 강한 정신력을 가지고 있어야만 사용할 수 있다. 그러니 평범한 인간은 절대로 아니었다. 물론 외모부터가 평범하지 않기에 가온은 크게 놀라지 않았다.

'헤르로듀미러스, 아니 헤러스. 만나서 반가워. 그런데 당신이 살고 있는 공간이 본래 세상에서 격리된 것은 알고 있나?'

─그, 그걸 어떻게?

'방금 전에도 말했지만 우리는 외부 세상에서 들어왔어. 그리고 우리는 이런 공간을 던전이라고 부르지. 던전은 다른 차원의 일정 공간이 우리 차원과 걸쳐 있는 곳이라고 이해하고 있고. 그래서 햇빛, 달빛, 공기, 비 혹은 눈 그리고 기후는 원래 세상의 법칙에 따르지만, 물리적인 힘으로는 부술 수 없는 반구형 막으로 둘러싸여 있어, 생물은 한 곳에 나 있는 일종의 문을 이용하지 않으면 외부로 나갈 수가 없지.'

-던전? 던전이라면 우리 세상에서는 마법사나 주술사의 연구실을 지칭하는 단어인데 그렇게 사용하는군. 아무튼 우리도 우리가 던전에 갇혀 있다는 것은 이미 알고 있었어. 문의 존재는 최근에야 알았지만.

'그런데 왜 나가지 않았지? 이곳은 마기가 농후해서 인간을 포함한 모든 생물이 살 수 없는 곳으로 변해 있는데.'

-나가려고 이동을 하다가 마족에게 잡혔어.

'아!'

어떻게 된 일인지 이제 알 것 같았다.

-원래 우리 스노 일족은 세상과 떨어져 살아왔기 때문에 우리를 둘러싼 공간이 변했다는 사실을 늦게야 알았어. 급하게 사방으로 전사들을 보내 상황을 알아보다가 밖으로 나가는 문을 발견하고 대대적으로 이동을 하다가 그만…….

'그럼 이곳의 언데드는 스노족이 모두 만든 거야?'

대략 30만에 이르는 언데드를 만들었다면 스노 일족은 엄청난 인구를 가지고 있거나 언데드 제작에 특화된 능력을 가지고 있을 것이다.

-그건 아니야. 이곳은 원래 골드드래곤의 레어였어.

'그건 나가족으로부터 들었어.'

-혹시 나가족과 함께하는 건가?

'맞아. 그들 역시 이곳을 벗어나려고 해서 도와주기로 했어. 일반 나가족은 안전한 곳으로 보내 놓은 상황이고 전사

중 일부는 우리와 합류해서 마족을 해치우려고 해.'

이들이 던전을 벗어나려고 대대적으로 이주하다가 마족에게 잡혔다니 그 사실을 먼저 알릴 필요가 있었다.

─그렇군. 아무튼 골드드래곤이 살아 있을 때 가디언 중에 리치가 있었어. 다른 가디언은 시간의 흐름을 이기지 못하고 소멸하거나 금제에서 해방이 되어 나가족처럼 레어를 벗어나 따로 살았지만, 리치는 얼마 전까지 레어에서 지냈어. 그 리치가 자신의 안전을 위해서 계속해서 사냥을 하고 언데드를 만들었어.

'얼마 전까지라면 지금은 소멸된 건가?'

─그건 확실하지 않아. 마족을 소환한 것 같은데 무슨 이유에서인지 몰라도 마족에게 오히려 당해 버렸는지 모습을 전혀 드러내지 않고 있어.

이제야 마족의 등장에 얽힌 비밀이 밝혀졌다.

'그 리치는 대체 왜 마족을 소환한 거지?'

─언젠가 마족의 혼잣말을 들었는데 이곳을 벗어나기 위해서였던 것 같아. 소환 직후에 뼈만 남은 육신은 소멸되었지만 자신이 이곳을 나가는 것으로 리치의 영혼이 바라는 것은 이루어질 거라고 했으니까.

충분히 이해가 가는 추론이다. 리치의 원래 경지가 어떤지는 알 수 없지만 그 정도의 지능이라면 이곳을 어떻게든 벗어나려고 했을 것이다.

'나가족을 알고 있다면 너희 일족도 오랫동안 이곳에서 살아온 거야?'

-맞아!

헤러스의 말에 따르면 자신들은 스노족으로 인구는 대략 5천이며 선조는 골드드래곤의 가디언이었던 주술사인데, 골드드래곤이 죽은 후에는 던전 최북단에 위치한 깊은 협곡 지하에서 살아왔다고 했다.

'왜 그런 곳에서 산 거지?'

-골드드래곤이 죽은 후에 가디언은 소멸하는 것이 정상인데 우리 스노족도 나가족이나 리치처럼 살아남았어. 하지만 너무 오랫동안 레어 안에서만 생활하는 바람에 피부가 약하고 빛에 민감해서 강한 햇빛을 받으면 온몸에 염증이 발생해 결국 죽는 유전병을 앓게 되었지. 그래서 햇빛이 최소한으로 들어오는 깊은 협곡에서 살 수밖에 없었어.

'어쩌다가 마족에게 걸린 거야?'

-이곳이 마계가 아니라서 소환된 마족은 활발하게 활동하지는 않지만 가끔 밤에 돌아다녀. 우리 일족도 마족이 이 공간의 지배자가 되었다는 사실은 알고 최대한 움직이지 않았지만 1년 전부터는 식량이 부족해서 어쩔 수 없이 밤에 사냥을 하다가 그만…….

마기의 영향으로 식물은 제대로 생장을 하지 못하고 그 영향을 받은 초식동물의 숫자가 크게 줄었으니 스노족도 어쩔 수 없이 활동량을 늘렸다가 마족에게 걸린 것이다.

'재수가 없었군.'

—맞아. 그랬지. 그런데 다행하게도 마족은 우리를 죽이는 대신 노예로 부리기로 했어.

'언데드 제작을 맡긴 건가?'

—응. 왜 만드는지는 알 수 없지만 드래곤의 가디언이었던 리치가 남긴 재료들을 이용해서 언데드를 만들도록 명령했어.

재료란 사체와 사정구나 마정구와 같은 것일 터다.

'스노족의 상태는 괜찮은 거야?'

—전혀 괜찮지 않아. 붙잡힌 이후 한 번도 아이들을 보지 못했어.

그렇다면 마족은 가족을 인질로 잡고 스노족에게 일을 시키고 있단 것이다.

'그런데 어떻게 레어 밖으로 나올 수 있지? 마족이 감시하지 않나?'

—지금 마족은 중요한 일을 하고 있어.

지금 당장 마족이 움직일 수 없는 상황이라면 빨리 공략해야 한다. 가온은 잘하면 이들을 이용해서 언데드 전력을 어떤 식으로든 무력화시킬 가능성에 주목했다.

다음 권으로 이어집니다

One for all
원포올

일라잇 스포츠 장편소설

작렬하는 슛, 대지를 가르는 패스
한계를 모르는 도전이 시작된다!

축구 선수의 꿈을 품은 이강연
냉혹한 현실에 부딪혀 방황하던 중
운명과도 같은 소리가 귓가에 들어오는데……

당신의 재능을 발굴하겠습니다!
세계로 뻗어 나갈 최고의 축구 선수를 키우는
'One For All' 프로젝트에, 지금 바로 참가하세요!

단 한 번의 기회를 잡기 위해
피지컬 만렙, 넘치는 재능을 가진 경쟁자들과
최고의 자리를 두고 한판 승부를 벌인다!

실력만이 모든 것을 증명하는
거친 그라운드에서 당당히 살아남아라!